나는
나를 사랑해서
책을 쓰기로 했다

나는
나를 사랑해서
책을 쓰기로 했다

김명숙 · 박지연 · 성연경 · 이영은
이영화 · 이혜진 · 최신애 ｜ 지음

바이북스
ByBooks

나나책 프로젝트를 시작하며

최신애

2019년 겨울 코로나 팬데믹에 두문불출하며 출간을 진행하고 있었습니다. 코로나 전까지 함께 스터디 하던 선생님들이 찾아왔습니다. 저처럼 책쓰기를 해보고 싶은 열망을 말했습니다. 함께 하던 스터디 흐름도 끊어지고 집에 갇혀 위축되어있던 마음이 비슷했습니다. '출간은 뜬구름 잡기'라거나 '공저는 인기가 없다'라고 말할 수 없었습니다. '여럿이 책쓰기' 과정을 어떻게 도울지 막막했습니다. 순수한 '그녀들'의 열정에 찬물을 부을 수 없어 '파이팅'으로 답했지만, 속은 편치 않았습니다. '출간을 못해도 개인의 성장과 글쓰기경험이라는 열매는 맺을 수 있겠지' 정도만 희망했습니다. (이 말을 이제 고백하네요.)

여럿이 쓰는 모임에 이름을 부여하고 싶었습니다. 선생님들의 책쓰는 동기가 '나를 찾기'라는 의견에 '나는 나를 사랑해서 책을 쓰기로 했다(이하 나나책)'이라는 문장이 퍼뜩 떠올랐습니다. 기막힌 네이밍이었습니다. 이후 기운이 빠질 때, 글이 안 써질 때, 출간이 불가능해 보일 때 모두들 함께 〈나나책〉을 떠올렸습니다. 2인의 출간 경험자와 5인의 글쓰기 무경험자들의 견딤과 확신은 〈나나책〉을 세상으로 견인했습니다. '함께 집필하기와 퇴고, 투고와 교정 및 출간 임박'이라는 여정을 1년이 채 못 되어 가능하도록 만든 도화선은 바로 '함께'라는 힘이었습니다.

책을 준비하면서 성장한 것을 짚어보고 싶습니다. 먼저는 글쓰기가 쉽지 않다는 것을 깨달았습니다. 도입으로 무슨 말을 할지, 일기 수준의 글을 어떻게 공개하는 글로 변화시킬지, 자신의 교육관을 선명하게 말할 만큼 확신이 있는지 고민을 하면서 문장과 문장 사이를 오갔습니다. 금세 필력을 쌓을 수 없었지만 글쓰기가 주는 생각의 정돈과 전달하는 방법을 조금 알게 되었습니다.

다음은 글쓰기를 미룰 수 없음을 발견하기 시작했습니다. 쓰는 게 어렵지만, 고민만 하고 계속 미뤄서는 단 한 줄도 쓸 수 없음을 알게 된 것이지요. 자기 수준을 인정하고 일단 써보는 것에 용기를 내기 시작했습니다. 누구나 단 번에 감칠맛 나는 글을 쓸 수 없다는 것, 퇴고가 글쓰기의 완성임을 깨달았습니다. 겁을 내며 쭈뼛거리고 시간을 보내는 것이 아니라 뭐라도 쓴 뒤 고치는 것이 더 빠른 길임을 알게 되었습니다.

그리고 혼자가 아닌 여럿이 하는 글쓰기의 저력을 느꼈습니다. 화상으로 만나 기획 방향을 정하고 글을 쓰며 함께 고치는 동안 '혼자라면 벌써 포기했어요'라는 말이 빈번히 오갔습니다. 처음부터 혼자 잘 난 사람은 하나도 없었지요. 자신의 글을 공개하고 함께 공감하고, 질문하며 서로를 다듬어 주었습니다. 이 과정에 '문우'라는 말이 무엇인지 몸소 겪게 되었습니다.

마지막으로 개인주의로 굳었던 마음이 말랑해지기 시작했습니다. 자신이 발견한 꿀팁을 전하고 좋은 강연은 함께 참여했고 좋은 게 생기면 나눠주려 서로 안달 났었지요. 아이들을 교차로 가르치는 품앗이도 하고 갑작스러운 가정마다의 사고나 사건에 귀 기울였습니다. 이런 급박한 상황을 몇 개의 산처럼 넘으면서 쓰기를 멈추지 않았지요. '출간'보다 더 진한 '우리'를 선물 받은 기분입니다.

우리의 이야기를 기획할 때, 하나의 주제로 엮기가 쉽지 않았습니다. 모두 다른 우주를 유영하다 만난 것이니까요. 그런데 모두에게 공통점이 있었습니다. 나를 잃어버린 채 불만족하던 '과거'를 지나온 것입니다. 그리고 하브루타를 배우면서 각자 하고 싶은 일을 발견하고 인생이란 핸들을 붙들기 시작한 '현재'라는 경험이 있었지요. 이런 본질적 배움을 지속하며 스스로 구축할 궁극적 '나'라는 존재를 기대하는 '미래'까지 닮아있었습니다. 그런 공통점을 세워 뼈대로 삼았습니다. 이 책의 기획이 누구에게나 있을 '결핍과 직면 그리고 도전과 기대'에 닿아 공감과 격려를 전하고 싶습니다.

정월에 보름달을 감상하던 즈음 모임을 시작했는데 한가위 보름달을 보며 이 글을 적고 있습니다. 밝은 달은 둥글어 질 때까지 하루하루 조각을 모으며 차오릅니다. 함께 주고받은 많은 말, 글을 쓰며 불면으로 불태운 우리의 시간이 차곡차곡 채워져 보름달처럼 둥글게 하나 되었습니다. 〈나나책〉이 그것입니다. '여럿이 쓰기'에 앞장 세워준 다른 작가님들에게 감사를 전합니다. 많이 배웠습니다. 코로나도 막지 못한 '그녀들의 열정'이 행간에 금모래처럼 숨어있겠지요. 찾는 순간 여러분도 글을 쓸 수밖에 없을 거예요. 기대하세요.

CONTENTS

나나책 프로젝트를 시작하며 •4

1부 │ 어제라는 이름

part1 │ 아련한 조각을 찾아요

오랜 겨울, 이제 봄 – 최신애 •16

당신을 사랑합니다 – 이영화 •19

내 멋대로 살았던 그때 – 이혜진 •22

그럼에도 불구하고 사랑합니다 – 김명숙 •25

82년생 세일러문 – 이영은 •29

내가 그려온 무늬 – 성연경 •34

역마살 그녀의 20대 이야기 – 박지연 •38

part 2 │ 때론 출구가 필요해요

칭찬받아 마땅한 착한 콩쥐 며느리 – 이영화 •44

여덟 살의 드레스 – 성연경 •48

진흙 연못 – 김명숙 •51

할머니에게서 할머니에게로 – 최신애 •55

문득 떠오른 그때 그 말 – 이혜진 •59

언제부터 어른이 된 걸까? – 이영은 •62

결혼이란 출구와 육아라는 입구 – 박지연 •66

part 3 | 이 길은 안전한가요

생각의 언박싱 – 이영은 •72

프로사부작러 – 성연경 •76

7인의 어벤져스, 하브루타로 연을 맺다 – 김명숙 •79

슬기롭지 못한 코로나 블루 – 이혜진 •82

엄마는 갈대랍니다 – 이영화 •85

함께 질문하는 즐거움 – 최신애 •88

보이지 않는 터널 – 박지연 •92

2부 | 오늘이라는 이름

part 1 | 착한 불만족이 깨우는 아침

반성 – 성연경 •100

주황색 신호등 – 박지연 •103

우리 모두 괜찮은 '나'입니다 – 이혜진 •106

읽기가 자라 쓰기가 되었습니다 – 최신애 •110

역지사지, 공감…… – 김명숙 •113

내가 나인가? – 이영화 •117

엄마의 기쁨과 슬픔 – 이영은 •121

part 2 | 밥하는 사람 아닙니다

인생의 동아줄, 하브루타 – 박지연 •126

내 인생의 조력자들, 금트리오! – 이영화 •130

내 꿈 안녕하니? – 성연경 •134

작전명! 착한 며느리, 멋진 딸 그리고 좋은 엄마 – 이영은 •138

사십춘기와 사춘기의 조우 – 최신애 •141

혼자가 아닌, 같이! – 이혜진 •144

전업주부는 시간의 CEO – 김명숙 •147

part 3 | 나는 나를 사랑해서

종합 외계인 – 김명숙 •152

너의 두발자전거 – 성연경 •155

너를 믿는다는 것, 나를 믿어야 한다는 것 – 이영은 •158

나는 나를 사랑해서 책을 쓰기로 했다 – 이영화 •162

N 잡러의 삶에 도전 – 이혜진 •167

쓸데없는 배움은 없다 – 박지연 •170

내 꿈의 가치는 내가 매긴다 – 최신애 •175

3부 | 내일이라는 이름

part 1 | 나를 찾아가는 길

엄마는 꿈이 뭐야? – 이영화 •182

생각하고 꿈꾸고 믿고 행동하기 – 이혜진 •188

못 된 아이로 자랐으면 좋겠다 – 성연경 •191

글쓰기는 사람이 전부다 – 최신애 •194

자연은 가장 좋은 하베르 – 김명숙 •197

하루 질문 세끼 – 이영은 •201

내가 그려갈 욕망 – 박지연 •205

part 2 | 나를 사랑하는 길

그런 엄마가 되고 싶다 – 이혜진 •212

이기적이었고 이기적이고 이기적일 나에게 – 박지연 •215

흔들림 없는 편안함 – 김명숙 •219

축구와 글쓰기 근육 대결 – 최신애 •222

글 쓰는 사람의 그윽한 향기 – 이영은 •226

글을 쓴다는 것 – 성연경 •229

꿈꾸는 우리들 – 이영화 •233

part 3 | 우리가 함께인 길

유능한 서퍼가 되지 않을 이유 – 최신애 •238

영화에게 – 이영화 •241

당신에게 하고픈 말 – 이혜진 •243

나는 나를 사랑해서 글을 쓰기로 했다 – 김명숙 •247

세상에서 가장 멋진 일을 하는 그대에게 – 이영은 •250

두 번째 스무 살에게 – 성연경 •253

우리들의 무한도전 – 박지연 •256

책을 마치며 •259

1부

어제라는 이름

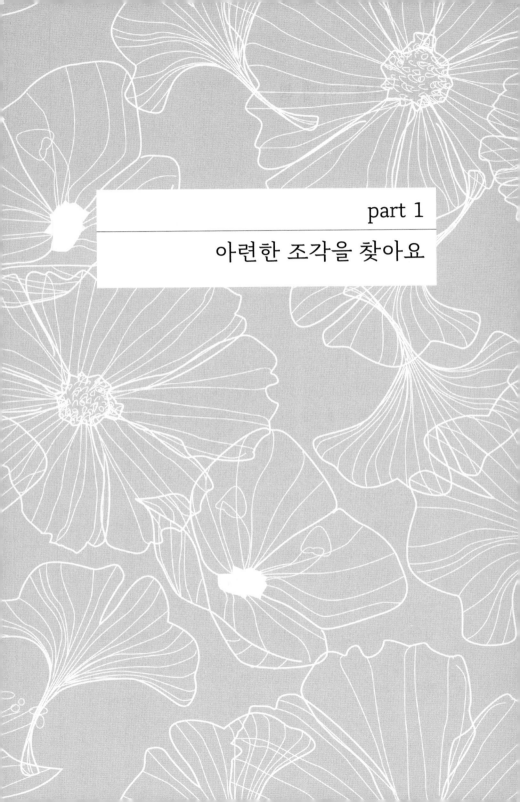

part 1

아련한 조각을 찾아요

오랜 겨울, 이제 봄

최신애

봄이 되었지만 벚꽃이 많이 떨어지고서야 하늘을 올려 보았다. 희뿌연 꽃비가 내려도 눈에 들어오지 않았다. 코로나19로 오랫동안 마음이 굳어서였다. 꽃잎이 떨어진 자리는 연한 새잎이 다글 거리고 있지만 겨울의 여운은 강하기만 했다. 옷장에는 아직 겨울옷이 걸려 있다. 봄이 되면 묵은 옷가지를 세탁하고 털어 리빙박스에 차곡차곡 넣어야 한다. 봄을 맞으려면 당연한 과정이다. 조금 늦었지만 겨우 내 낡은 것들을 넣듯, 겨울 같은 기억과 엉킨 실타래를 정리해야겠다.

코로나 19로 2020년은 온통 겨울처럼 막막했다. 아침부터 밤까지 야구모자를 눌러쓰고 아무도 찾아오지 않아 싸늘해진 공간에서 적적하게 글을 썼다. 공방을 오픈한 지 딱 1년을 맞을 때였다. 전 세계를 일시에 멈추게 한 전염병의 위력은 생각보다 컸다. 남편의 월급만으로는 운영하는 공방의 월세와 대출금이 부담스러웠다. 몇 달이면 끝나리란 가벼운 희망 덕분에 한 달 한 달 버텼다. 모두가 불안에 떨 때 휘청거리는 사람이 나뿐 아님을 알게 되었다.

내게 봄이 아닌 겨울 같은 20대가 있었다. 암울하기는 코로나 위기에서 한숨 돌린 중년의 지금보다 그때가 더했다. 피곤한 줄 모르고 며칠 밤을 새던 열정에도 불구하고 원하는 대로 되는 게 없던 시절이었다. 대학만 가면 모든 것이 열릴 것이라는 어른들의 말에 속은 기분으로 한 학기를 은둔형처럼 지냈다. 다시 나를 다독이며 의미를 찾던 대학생활의 끝, 졸업하는 그해 IMF가 터졌다. 온전한 백수로 1년 반을 보내면서 하찮아진 나의 쓸모에 다시 아파했다.

취업을 하고 돈을 벌었다. 사람구실은 그런 것이라며 하루하루 위무하며 버텼다. 재미와 열정 없이 관성에 끌려가는 삶. 근근이 성실하게 버티면 괜찮은 미래가 올 줄 알았다. 그렇게 버티는 게 벅찰 때는 나의 쓸모를 알아주지 않는 세상을 원망했다. 더 노력하고 꿈을 찾기에 늦었다고 생각하며 월급을 모아 결혼을 준비했다. 모두 그렇게 사는 것 같았다. 나의 20대는 봄이 아니라 겨울밤 퇴근길처럼 스산하고 어두웠다. 주변에 비슷하게 살아가는 이들을 보며 안심했지만 만족스럽지 않았다. 그런 삶이 당연하지 않다고 한 번 소리라도 지를 것을 그때는 깨닫지 못했다.

새로운 세상이 펼쳐졌다. 스티브 잡스가 만든 스마트폰은 손가락 하나로 세상을 연결시켰다. 세상의 변화에 둔했던 나는 육아를 잘하는 게 여자의 최선이라고 생각했다. 아이들이 어려 프리랜서로 활동했다. 시간당 수당을 받는 일이라도 할 수 있는 것에 감사했고 다른 도전을 상상하지 못했다. 나의 지평을 넓힐 수 있으리란 생각을, 글을 쓰기 전에는 하지 못했다.

시인이 되고 싶어 대학진학을 했던 나는 20년이 지난 어느 가을날 불현듯 더 늦출 수 없음을 느꼈다. '나'라는 사람의 꿈보다 '가족, 아이들'이 우선이었다. 40세면 인생살이 80세의 반이니 도전하기에는 늦었다고 생각하며 주저앉아있었다. 100세 시대가 보편화되어 보험이 100세 이상에 맞춰지는 것을 보면서 나의 닫힌 생각은 투명 잔처럼 바닥에 닿아 부서졌다. 도전하기에 늦은 때란 없다. 겨울의 끝은 그렇게 계획 없이 찾아왔다. 다시 봄은 오지 않으리란 생각에 갇혀 엉거주춤하는 내가 보였다. 우물쭈물할 새 없이 전투력이 상승했다. 가족들에게 '쓰는 사람으로 살겠다'고 엄중히 말하고 나의 시간을 찾기 시작했다. 공방을 오픈하고 아이들을 모아 글쓰기를 가르치고 시를 썼다. 시 뿐 아니라 에세이며 일기며 닥치는 대로 썼다. 글을 쓰는 매일 아침이 기다려졌고 밤에는 잠들기 싫었다. 짧게 자도 불쾌하지 않은 아침이 경이로웠다. 내가 세상에 태어난 이유를 글로 구체화 시키고 싶었다. 내가 하고 싶은 것을 찾으니 봄이 멀리 있지 않았다.

봄은 스스로 기운을 가졌다. 매서운 겨울 칼바람도 부드럽게 밀어내고야 만다. 겨울은 멈춤이요 머무름이요 견딤이요 웅크림이라면 봄은 출발이요 움직임이요 밀고 나아가는 것이다. 내 마음 속에는 뜨거운 꽃비가 24시간 내리고 있다. 일을 하고 살림을 하고 아이들을 기르고 이웃을 살핀다. 24시간이 부족하다. 나의 20대의 매서운 칼바람, 결혼과 육아의 고된 일상, 코로나19가 불어대는 폭풍에도 나는 얼어붙지 않았다. 마음의 봄은 현실을 녹이는 힘이 있음에 분명하다. 번거로운 일상이 손발을 묶지만 가족 모두 잠든 후 자투리 시간은 아무도 침범할 수 없는 나만의 봄이다. 글을 쓰는 그 시간은 나에게 꽃비가 내린다. 마음의 눈으로만 보이는 광경이다.

당신을 사랑합니다

난 1남 2녀 중 막내다. 그것도 아빠가 마흔이 되어서 낳은 늦둥이 막내. 막내는 뭐든지 해도 이쁨 받고 자란다던데…… 난 뭐든지 해도 무관심의 대상이었다. 엄마는 결혼해서 몇 년 동안 아이가 생기지 않았다. 언니는 그러다가 힘들게 얻은 첫째 딸이라서 모든 가족들의 사랑을 받고 자랐다. 둘째인 오빠는 당연히 아들이라서 사랑을 받았다. 게다가 선천적으로 심장에 문제가 있어 중학생이 되어 수술하기 전까진 항상 우리 가족의 중심에 있었다. 오빠가 심장병으로 일찍 죽을지도 모른다는 생각에 아들을 하나 더 갖기를 원하는 할머니의 바람이 있어 셋째인 내가 태어날 수 있었다. 그러나 바랐던 아들이 아닌 딸이라서 처음부터 나의 탄생은 축복이 아니라 실망이었다.

내가 초등학교 고학년 무렵 언니와 오빠는 대학생이었다. 아빤 지방에 계셨고 엄마는 식당을 개업하셨다. 다들 바쁜 생활로 인해 나에겐 관심을 둘 여유조차 없었다. 가족 간의 단절로 생긴 공백은 펴도 펴지지 않을 만큼 마음 가득 구김을 남겼다.

친구들은 나를 부러워했다. 입시학원 대신 스케이트장을 다녔고 보충수업을 하는 대신 야구장을 다녔다. 엄만 내가 필요하다고 말만 하면 그저 돈을 주는 것을 나에 대한 양육의 전부라고 생각하는 거 같았다. 내가 무엇을 하는지 내가 무엇을 하고 싶어 하는지 전혀 관심도 없었다.

친구들이 부러웠다. 성적이 떨어지면 혼을 내는 엄마가 부러웠다. 용돈을 많이 달라고 하면 아껴 쓰라고 잔소리하는 엄마가 부러웠고 시험 기간이 되면 공부하라고 소리치는 엄마가 부러웠다. 내 마음속의 도화지에 예쁜 그림을 그려주지 못하고 더 많은 구김만 주는 엄마가 원망스러우면서도 엄마가 예쁘게 펴주기를 항상 갈망했다.

가정에서 소통의 교육을 제대로 받지 못하고 유년 시절을 보내다 보니 내 생각과 의견을 내기보다는 다수의 의견을 따랐다. 나의 이야기를 하기보다는 다른 사람들의 이야기를 들어주는 것에 익숙한 수동적인 사람이 되어가고 있었다. 언제나 나를 깨고 나오기를 갈망하면서 점점 더 나를 더 숨기고 살고 있었다. 이런 모습이 모두 엄마 때문인 거 같아 원망스러웠다.

결혼을 하고 아이를 낳아 기르면 엄마의 마음을 안다고 하는데 여전히 엄마가 원망스럽다. 내가 아이들을 키우듯이 나를 대해주지 못한 엄마가 원망스럽다. 내 모습에서 엄마가 느껴질 때도, 시기와 질투로 가득 찬 내 모습을 볼 때도 늘 그렇다. 이 모든 것을 엄마 탓으로 돌리는 내 모습을 볼 때도 엄마가 원망스럽다. 나에게 엄마는 항상 이런 존재였다.

그러던 어느 날 아빠 옷을 가봉하고 돌아오는 차 안에서 남편이 농담으로 던진 한마디에

"내가 얘를 키울 때는 일한다고 바빠 가지고 제대로 봐주지도 못하고…… 내가 그때 조금만 더 신경 써 주고 했더라면 좋았을 건데 그때는 사

는 게 바빠서 잘 챙겨주지 못했다."

라고 대답하는 엄마. 그 순간 엄마에 대한 원망으로 쌓아온 산이 산산조각이 나버렸다. 엄마에 대해 메말라 있던 나의 마음이 흐르는 눈물로 다시 촉촉해지기 시작했다.

엄마는 나를 싫어한 게 아니었다. 사랑하지 않은 게 아니었다. 단지 당신이 짊어지고 있는 삶의 무게가 너무 무거웠을 뿐이다.

여든의 나이가 된 엄마는 아직도 삶의 무거운 짐을 자식들에게 내려놓지 못하고 힘겹게 혼자 짊어지고 계신다. 이제 편하게 내려놓으시고 엄마만을 위한 삶을 사셨으면 한다.

그땐 엄마를 이해하지 못했습니다.

이해하지 못했던 저를 원망합니다.

지금의 자리에 묵묵히 계셔주시는 것만으로도 감사합니다.

그리고 당신을 사랑합니다.

내 멋대로 살았던 그때

이혜진

'엄마, 아빠 저 아침 일찍 시내에 다녀올게요. 늦게 들어올 수도 있어요.'

책상 위에 쪽지를 남겨놓고 새벽 5시가 조금 넘은 시간에 택시를 타고 동대구역으로 향했다. 좋아하는 아이돌 가수의 팬미팅을 가기 위해서이다. 그날 밤 11시가 넘어 집에 도착했고 조용히 들어오고 싶었지만 우리 집 조명은 환하게 켜져 있었다. 아무 일 없이 집에 돌아왔으니 부모님께서도 큰 꾸지람은 하지 않으셨다. 다만 다음부터는 거짓말하지 말고 다녀오라는 말씀 분이셨다.

청소년기 때에는 아이돌 가수에 빠져 매일 TV를 보고, 라디오를 듣고, 공연을 보러 가고, 서울까지 팬미팅도 여러 번 다녀왔다. 그렇게 그 가수에 완전히 빠져있었기 때문에 '어떤 사람이 되고 싶은가?' '좋아하는 것은 무엇인가?' '지금의 나는 어떤 사람인가?'에 대한 고민을 단 한 번도 해 본 적이 없었다. 주위 친구들이 대학에 가니까 아무 생각 없이 진학했지만 입학을 하면서 딱 한 가지 약속을 했다.

'놀 땐 놀고 공부할 땐 공부하자!'

대학교는 이전과는 다르게 스스로 과목을 선택할 수 있었다. 좋아하고 관심 있는 과목으로 들을 수 있다고 생각하니 수업에 대한 책임감도 생겼다. '고등학생 때처럼 수업 시간에 잠 자지 않으며 집중해서 들으리라. 시험도 잘 보자. 대신 수업 시간과 시험 기간 외에는 마음껏 놀자!'라는 마음가짐으로 매 학기를 보냈다. 이 시기가 내가 어떤 방향으로 살아갈 것인지 삶에 대해 진지하게 고민했던 첫 순간이었다.

첫 중간고사를 준비하며 성향과 잘 맞는 분야를 찾았다. 그때부터 전공은 이미 정해졌고, 관련된 자격증을 취득하며 진로도 쉽게 정할 수 있었다. 사람들은 본인이 좋아하는 분야를 찾기가, 그 분야의 일을 직업으로 갖는 것이 힘들다고 하는데 좋아하는 것을 일로도 할 수 있으니 다행이었다. 시험 공부, 자격증 공부를 할 때에도 힘들었지만 취업 후 도움이 될 것을 떠올리며 학습했다.

첫 직장은 높은 건물들이 길을 따라 빼곡하게 있으며, 사람들이 북적이고 항상 바쁘게 움직이는 유동 인구가 많은 도시가 아니었다. 내가 좋아하는 모습, 이제껏 살았던 환경과는 반대로 출근길에 보는 것은 논과 밭이었다. 운전면허증도 차도 없어 자유롭게 움직이지 못했고 대중교통은 밤 9시면 끊기는 곳이었다. 바뀐 환경에 적응하려고 해도 내 마음을 계속 흔들었던 것이 있었으니 그것은 친구, 지인을 만나고 싶을 때 만나지 못하고 직접 얼굴을 보며 이야기 나눌 수 없다는 것이었다. 이런 이유로 방황하지 않기를 바라는 마음에 일 년에 한 번 나를 위한 해외여행을 선물했다. 첫 해외여행에 대한 즐거운 추억이 있었고 낯선 곳으로의 여행을 좋아하는 나와도 잘 맞았다.

입사한 지 3년이 되었을 때 친구가 홀로 유럽 배낭여행을 다녀온다고 했다. 그녀와 첫 해외여행을 같이 갔었기에 한 달 넘는 기간을 여행하는 친구가 내심 부러웠다. 그로부터 6개월 뒤, 인생에서 내 멋대로 결정을 내린 순간이 왔다. 연말에 우리 팀이 타지역으로 옮기게 되면서 다른 팀으로 배치가 될 것이라는 이야기를 들었다. 그 업무는 꼭 하고 싶은 분야였다. 하지만 나의 의사와는 상관없이 결정되었다. 그리고 지금은 아니라고 판단했다. 내가 원하는 수준의 업무를 배우게 될 것이라는 확신이 없었기 때문이다. 결정적으로 6개월 전에 결심했었다. 나도 언젠가는 유럽을 다녀오겠노라고. 다녀온 후의 계획도 세우지 않고 퇴사를 하고 여행을 다녀오기로 계획한다. 추운 날씨의 영향으로 유럽 여행은 다녀오지 못했다. 가고 싶은 여행지, 마음속에 품고 있었던 여행지인 남미로 여행을 계획했다.

대학에 입학하면서 가졌던 마음가짐, 일 년에 한 번 나에게 좋아하는 것 선물하기, 남미 여행 다녀오기 이 세 가지는 공통점이 있다. 하나는 스스로 결정한 것이고, 하나는 내가 좋아하는 것이 무엇인지 생각하고 질문하고 고민했다는 것이고, 하나는 그것을 결정하고 실행했다는 것이다. 그 중심에는 내가 있었다. 내가 하고 싶은 것, 내가 하면 즐거운 것이 있었다.

나의 이런 경험때문에 우리 아이들의 관심사가 무엇인지 궁금해하고 그것에 집중하는 편이다. 관심이 계속될 여지가 보이면 다양한 방법으로 흥미로운 것들을 제공하려고 한다. 그렇게 관심사에 빠져보면 무엇을 좋아하는지에 대해 알 수 있다고 생각하기 때문이다. 아이들이 좋아하는 것, 하고 싶은 것을 하며 '삶의 주인공이 바로 나'라는 것을 느꼈으면 한다. 내 삶을 주도적으로 살아갔으면 한다. 그렇게 자신이 선택한 삶을 살길 간절히 바라고 또 바란다.

그럼에도 불구하고, 사랑합니다

김명숙

육아는 아이를 가지면서부터 낳아 기르는 일을 가리키는 말로 초등학교 취학 이전까지 신체적 · 지적 · 정서적으로 장애 요인 없이 순조롭게 성장할 수 있도록 도와주는 과정이다. 양육은 아이를 잘 자라도록 기르고 보살피는 것을 뜻한다(《다음백과사전》 참조). 두 단어의 공통점은 '잘' 자라도록 돕는 것이다. '육아'와 '양육'이라는 단어 앞에 쓰러지지 않은 여성이 있을까? '나'라는 사람의 욕구와 주도성을 배제한 채 '너'라는 한 인격을 위해 온전히 마음과 몸을 희생해야 하는 일이다. 엄밀히 말하면 완전 희생은 아닐 것이다. 아이를 키우는 매 순간 아이의 귀여운 반응으로 기쁠 때도 많기 때문이다. 아이의 웃음만이 줄 수 있는 표현하지 못할 포실한 행복이 있다. 작고 따뜻한 아이를 안고 있으면 세상을 다 가진 행복감과 안도감이 든다.

핵가족화되기 시작한 산업사회의 초기에 태어나 살아온 또래의 여성이 이처럼 헌신할 상황에 놓인 경우는 아마도 육아의 영역이 처음일 것이다. 부모님이 벌어주신 돈으로 학업을 마치고, 직장에 들어가 번 돈으로 혼자 몸만 잘 지키며 살면 사람 노릇 제대로 하는 것이었다. 그런데 아기가 태어난 후에는 모든 것이 전세 역전이다. 나에서 너로 모든 것이 바뀐 것이다. 마음먹은 대로 할 수 없는 많은 상황 속에서 내 마음은 순간순간 답답함이 쌓이기 시작했다.

그럴 때마다 엄마가 생각났다. 지금의 내 나이 때, 엄마는 어떻게 처음부터 엄마였던 것처럼 한결같은 든든한 모습으로 나를 키워내셨을까? 나는 육아를 책으로 배운 사람이다. 범람하는 육아서들, 각계의 전문인들, 다양한 사례의 육아 실천서들. 그 책들을 읽으면서 그대로만 키우면 대한민국을 빛낼 뿐 아니라 세계를 주름잡는 완전체의 큰 인물로 너끈히 키울 수 있을 줄 알았다. 육아서를 섭렵하면, 할수록 먹고사는 일에 바빠 육아에 소홀했던 어린 시절의 엄마를 원망하기도 했다. '아무리 힘들어도 그렇지, 그때 나를 살뜰하게 돌봐줬으면 지금의 나는 더 나은 사람(자존감 높은 사람)으로 자랐을 텐데'라는 생각을 하곤 했다. 이런 내 생각이 틀린 생각이 아니라는 듯 아이의 문제행동 뒤에는 문제의 엄마가 있고, 엄마의 문제 뒤에는 어릴적 양육배경의 문제들이 줄뿌리처럼 얽혀 있음을 보여주는 연구가 많다. 전문용어로 원가족 상처이다.

최신애 작가님의 저서 《아이는 학교 밖에서도 자란다》 책을 읽던 중 '엄마의 자존감이 곧 아이의 자존감이다'라는 부분의 글을 읽다가 나는 책을 덮고야 말았다. 나의 어린 시절이 너무 아프고 서러운 기억으로 떠올라 읽을 수가 없었다. 미처 우산을 챙기지 못했던 비오는 하굣길에 몇몇 부모님들은 우산을 챙겨 교문 앞에서 기다리곤 했는데, 엄마는 한 번도 학교 앞에 나를 맞으러 온 적이 없었다. 바쁘셨으니까. 학교설명회나 학교 육성 회의에 엄마는 한 번도 들르신 적이 없었다. 먹고살기가 바쁘셨으니까. 그 시절 시골에서 농사짓는 대부분의 부모님들은 그랬으니까. 상황을 이해하면서도 부모님이 마중 나온 친구들이 너무 부러웠었다. 그 감정을 한 번도 입 밖으로 꺼내 보지 않았고 부모님께 부탁할 생각조차 하지 않았다. 자식들 키우느라 힘들고 고달픈 부모님의 상황이 어린 내 눈에도 보였던 것이다. 그렇게 있는 듯 없는 듯한 아이가 되는 게 나의 역할이라 생각했다.

이런 결핍감 때문이었는지, 나는 아이를 낳아 기르면서 늘 아이 옆에 있는 엄마 되기에 중점을 뒀다. 아이가 아기였을 때는 울면 바로 달려가 안아 줄 수 있는 거리에 있는 엄마이고 싶었다. 유치원에 다니면서부터는 언제나 하원 길에 하루 종일 너만 기다렸다는 듯 온 표정을 다해 반기는 엄마이고 싶었다. 학교에 입학하고서는 부모가 참석할 수 있는 모든 학교행사에는 빠짐없이 참석하여 있는 힘껏 아이에게 손을 흔들어 주는 엄마가 돼려고 노력했다.

"이제 아이가 어느 정도 자랐으니 너의 일을 시작해야 하지 않겠느냐"는 친정엄마의 말에도 나는 꿈쩍하지 않았다. 아이들이 집에 돌아왔을 때 엄마가 기다리는 따뜻한 집을 만들고자 손 흔들며 기다리는 역할에 최선을 다했다. 유년의 기억 한 조각에 따르면 하교 후 집에 들어갔을 때 엄마가 들에 나가고 없으면 온 집이 다 빈 것 같은 허전함이 있었다. 엄마는 삐뚤삐뚤한 글씨로 일하러 나가는 밭 이름을 꼭 메모지에 적어서 남겨놓으시곤 했는데, 메모를 확인한 나는 책가방을 내팽개쳐놓고 엄마가 일하는 밭으로 달려가 땡볕 밭고랑에서 뒹굴거리곤 했다. 덥고 엉덩이 부빌 곳 없는 밭고랑에 있어도 엄마가 있는 곳이 정말 좋았다.

둘째가 초등학생이 되고 나니 시간적 여유가 조금씩 생기기 시작했다.

이 여유는 영유아 시절에 잠깐씩 갖는 여유하고는 사뭇 달랐다. 초등학생이 된다는 것은 모든 영역에서 좀 더 사람답게 상호작용을 하기 시작한다는 뜻이다. 나에게는 심리적, 육체적 여유가 더불어 생기기 시작했음을 의미한다. 여유가 생기니 숨 가쁘게 달리며 치열했던 육아 시절을 자주 되돌아보게 된다. 그리고 꼭 내 아이만 했을 어렸던 나를 희미한 기억과 함께 떠올려본다.

주어진 환경에서 최선을 다해 나를 길러내셨을 엄마, 나라는 존재는 그 옛날 나처럼 육아와 양육 앞에 무너졌던 한 여자의 열매다. 오늘 나는 대한민국을 빛내고 있거나 세계를 주름잡기는커녕 내 아기 하나 보는 것도 버거워 엄마에게 전화로 힘들어 죽겠다는 둥 푸념을 남기는 여린 사람이다. 하지만 나는 안다. 나는 엄마의 지난 시절 최선의 육아와 양육이라는 시간들의 결정체임을.

만약 시간을 마음대로 주무를 수 있어, 옛날 엄마의 자리에 내가 있었다면 그때의 엄마보다 잘 해낼 수 있었을까. 오늘 그 옛날 엄마의 육아에 불만과 서운함, 상처를 말하고 있지만, 그럼에도 불구하고 상처를 꺼내 과거의 엄마에게 불만을 토해낼 수 있는 한 사람으로 잘 길러주신 엄마께 감사하기 그지없다. 자식 길러내시느라 자신을 돌볼 줄도 모르고 살아오신 엄마. 여려져만 가는 엄마에게 아이들이 자라가는 만큼 남는 시간과 여유를 돌려 드려야겠다.

82년생 세일러문

이영은

"엄마~ 머리 묶어주세요. 저번에 그 머리요. 세일러문 머리!"

아이의 머리를 양 갈래로 갈라 높이 올려 묶는다. 묶음 머리 가운데 한 가닥을 빼놓고 나머지는 돌돌 말아 똥 머리로 묶어 고무줄로 단단히 감는 다. 아이의 머리를 묶으며 귀 언저리에서 끊임없이 들리던 대사를 나도 모 르게 내뱉었다.

"정의의 이름으로 널! 용서하지 않겠다!"

"엄마 뭐라고 했어요?"

"아…… 지금 네 머리 스타일이랑 같았던 세일러문이 만화영화에서 악 당을 무찌르기 전 매번 했던 말이야."

"우아…… 남자가 아닌 여자 친구들이 악당과 싸우는 거예요?"

"응! 그것도 이쁘고 상냥한 여자 친구들이 나와서 악당에 맞서 싸우는 내용이었어."

"멋지다! 나도 보고 싶다! 나도 볼래요! 네?"

딸아이의 얼굴에서 작은 희열이 느껴졌다. 어릴 적 세일러문을 보던 내 표정도 이랬을까.

세일러문 이전 아이들 사이에서 유행했던 만화는 대부분 남자들이 주인 공이었다. 좋아했던 독수리 오 형제에서조차도 여자는 조연이었다. 외로워도 슬퍼도 울지 않겠다던 캔디는 의지와는 다르게 연약해 보였고 언제나 누군가의 도움이 필요해 보이는 가련한 여주인공이었다.

그 누구의 도움 없이도 용감하고 당당하게 무찌르는 세일러문을 보았을 때 더 이상 오빠가 부럽지 않았다. 여자인 나도 뭔가를 할 수 있을 것만 같은 용기와 인정을 받을 수 있을 거란 생각에 설레기도 했다. 당시 사회적 분위기도 마찬가지였다. 노력하면 남녀 구분 없이 성공하여 당당한 여성의 삶을 살아갈 수 있으리라 교육받았다.

성적표를 가지고 오는 날이면 오빠와 나란히 앉아 아버지에게 듣던 말이 생각난다.

"이제 여자라고 살림만 하는 시대는 지나갔다. 앞으로 여자도 남자와 같이 능력을 키워 사회에서 당당히 살아갈 수 있을 것이다. 그러니 너의 능력을 펼칠 수 있도록 열심히 공부하고 노력하거라."

공부를 열심히 해서 성적을 올리라는 아버지의 깊은 뜻은 헤아리지 못한 채 다가올 새 세상에 대한 부푼 기대와 설렘만 가지고 있었다. 섣부른 기대와는 반대로 돌아가는 현실도 이따금씩 들려왔지만 변화하는 과정이라 믿고 싶었다. 그리고 반드시 변화하리라 믿었다.

사회생활을 막 시작할 무렵, 나의 정의는 한창 불타올랐다. 정글 같은 이곳에서 암사자처럼 멋지게 사냥해서 인정받고 싶었다. 꿈꿔왔던 사회에 일조하고자 안간힘을 쓰고 버텨내려 했다. 여자들이 많은 곳이라 미담과 괴담이 끊이질 않았다. 누가 뭐라고 하든 언젠가 진심은 통한다는 믿음을 꽉 움켜진 채 이를 악 물기도 했다.

사회생활을 할 때 아버지의 조언과 충고들이 머리를 맴돌며 큰 도움이 되었다. 오히려 내가 먼저 나서서 '소녀들이여 야망을 가져라'라고 얘기하고 다닐 만큼 의기양양해하기도 했다. 다행히 일에 대한 보람도 느꼈으며 회사에서 인정을 받았다고 생각하는 순간 다시 긴 시작임을 그땐 알지 못했다.

명칭이 팀장에서 엄마로 바뀌면서 나만의 환상 속에 살고 있다는 것을 비로소 깨달을 수 있었다. 출산 후 고심 끝에 사랑하는 일을 그만두었다. 말로만 듣던 전업주부가 되고 나니 평소에 애써 외면해왔던 친정엄마의 이야기들이 머리에 차고 귀에 거슬리기 시작했다.

"아기는 엄마가 키워야지. 그래야 아기도 안정감 있고 집이 잘 돌아간데이."

"남자가 일하고 오면 피곤한데 애까지 돌보게 하지 말고 네가 아기는 데리고 자야지."

"집안을 항상 깨끗하게 해놔야지 시어머님 오시면 놀라겠다."

"애 엄마가 애 키울 땐 어쩔 수 없는 기다."

"원래 엄마라는 게 그런 기다."

원래 엄마라는 게 그런 거라면 내가 믿고 살아온 세상과 엄마의 세상은 다른 세상인 것인가? 내가 머물렀던 곳도 지금 머무르고 있는 곳도 같은 세상이 아닌 것인가? 혼란스러웠다. 억울한 마음도 들었다. 엄마의 말을 부정할 수 없는 내 마음도 무언가에 짓눌려 갑갑해왔다.

겉으로만 여성의 능력과 가치를 존중해 주는 가식이 신물이 났다. 노력하면 내가 살고 있는 세상도 바뀔 거라 믿음을 줬던 모든 말들이 가식적이라 느껴졌다. 언제나 그렇듯 만화는 환상일 뿐 세일러문을 보며 느꼈던 희열을 현실에선 일어날 수 없다는 것을 엄마가 되고 나서야 알아차릴 수 있었다.

아이를 나를 향해 웃으며 달려와 안기던 어느 날이었다. 어쩌면 내가 아이를 사랑하는 것보다 아이가 나를 더 사랑해 주는 건 아닐까 느끼던 순간이었다. 삐딱하기만 했던 내 마음이 초라하게 느껴졌다.

몸도 마음도 지쳐만 갔지만 마음을 바꾸니 힘든 일만 있는 것은 아니었다. 한 생명을 보살피고 사랑하고 아끼는 일이 일을 하는 것만큼이나 가치 있는 일이라는 생각도 들었다.

세상이 나를 배신한 게 아니라 내가 나를 배신했고 저버렸다. 세상이 거짓을 말한 게 아니라 내가 나에게 합리의 거짓을 속삭이고 있었다.

82년생 세일러문을 보며 꿈꾸며 자란 나는 겉으로만 외치던 의식에 부응하고자 부단히도 애썼다. 인정을 받고 세상이 변했다 생각했지만 엄마가 되고 나서의 알게 된 현실은 배신감마저 들기도 했다. 하지만 엄마였으면 몰랐을 이 세상을 이제는 인정하고 받아들이려 한다. 그리고 내 딸이 살아갈 세상을 위해 노력하려 한다.

세상을 탓하기도 했지만,

덕분에 책임감을 배웠고

덕분에 겸손함을 배웠고

덕분에 부모의 사랑에 감사함을 배웠다.

엄마가 되지 못했더라면 알 수 없었던 가치들을 이제는 소중히 대하고 싶은 마음이 자란다.

내가 그려온 무늬

성연경

    평범한 가정의 첫째 딸로 태어나 적잖은 관심과 사랑을 받으며 유년기를 보냈다. 버릇없는 아이가 될까 걱정한 엄마의 엄한 훈육을 받기는 했지만, 부모님의 애정을 나눌 경쟁 대상이 없었던 평화로운 시절이었다.

    형제가 있는 친구들을 부러워하며 간절히 원하던 동생이었지만 일곱 살에 여동생이, 아홉 살에 남동생이 태어나면서 집안의 분위기는 그전과 달랐다. 그때부터 좋은 시절은 다 지나갔다는 생각이 들었다. 태어날 때부터 몸이 약했던 여동생은 엄마와 친척들의 관심을 한 몸에 받았고, 남동생은 대를 이을 손자를 바랐던 할머니에게 하늘에서 내려준 보배가 되었다.

    장남이 낳은 첫 손녀로 받던 애정은 사상누각처럼 무너졌다. 그리고 반복된 이사와 몇 차례의 전학은 나를 더욱더 위축되게 했다. 나의 의사와 상관없이 새로운 환경을 받아들여야 했고 마음을 나눈 친구들과 기약 없는 헤어짐을 반복했다. 그러다 보니 활달하고 당찬 성격에서 낯을 가리는 아이, 말수가 적은 아이로 변했다. 하지만 여자아이는 으레 말이 없고 수줍기 마련이라고 누구나 생각하듯 나는 조용한 아이로 성장했다.

반복되는 낯선 환경에 움츠러들었던 나를 다시금 밖으로 꺼낼 수 있는 기회가 있었다. 초등학교 2학년 겨울이 지나고 봄방학에 또다시 전학을 갔다. 친구라고는 한 명도 사귀지 못하고 새 학년이 되어 적응하기가 바빴던 3학년 1학기 초, 학교에서 합창단원을 모집한다고 했다. 평소 노래를 음악 시간 외에는 배워 본 적이 없었지만 용감하게 지원을 했다. 어느 누구의 조언도 구하지 않고 의논도 없이 오디션을 보았다. 그리고 합창단이 되었다.

이것이 스스로 도전한 첫 번째 사건이었다. 돌아보면 부모님의 관심을 받고 싶은 몸부림이었던 것 같다. 그 시절 엄마의 손길이 필요한 어린 동생들이 있었고, 부모님은 내가 알아서 잘 하겠거니 믿어주시며 신경을 많이 쓰지 못하셨다.

그래서였을까. 이후에도 여러 가지 활동이나 단원 모집에 응시하며 나를 드러내기 시작했다. 이후 나는 나의 새로운 도전을 혼자 고민하고 결정하한 후 부모님께 통보했다. 그럴 때마다 부모님은 나의 결정에 늘 지지해주셨다. 부모님의 믿음 덕분에 인정받고 있다고 생각했고, 더 열심히 했다. 관심을 갈구하던 행위가 초등시절의 알찬 경험과 많은 추억이 된 것은 전화위복이라 할 수 있겠다.

세상 관심을 다 받던 유아기를 거쳐 사랑과 관심에 목마르던 초등시절을 지나 감정의 파도를 겪는 질풍노도의 시기가 나에게도 찾아왔다. 청소년기의 일탈과 분노의 외침을 나라고 피해 갔겠는가. 밖에서는 질풍노도의 청소년이었을지언정 집에서는 의젓한 맏딸, 장녀의 모습을 유지하기 위해 노력했다.

사춘기를 평계로 쌓였던 감정을 분노로 표출해 볼 만했으나 그러지 못한 이유의 8할은 인생의 굴곡을 버텨내는 아버지 때문이었다. 아버지는 넉넉하지 않은 가정의 장남으로 태어나 본인이 원하는 것보다 가족을 위하는 삶을 살았다. 할아버지의 말씀을 법으로 여기고 따르느라 꿈을 이루지 못했고, 그것을 가슴에 품고 사는 사람이었다. 가정이 늘 일 순위였고, 사업이 잘되지 않아 힘들 때에도 자식들 때문에 버티셨다. 다시 일어서기 위한 몸부림과 고통을 오롯이 당신 홀로 버텨내셨다. 그런 아버지의 마음에 무거운 짐을 더할 수 없었기에 나의 의지보다 아버지의 기대에 부응하는 것을 더 중요하게 생각했다.

나름 일탈이라면, 하교 후 친구들과 시간을 보내고 늦은 시간 귀가를 할 때가 있었다. 아버지는 내가 언제 어느 방향에서 올지도 모르면서 마중 나와 계시다 동네 어귀에서 마주쳤다. 다음번에 다른 길로 가면 어김없이 그 길에서 기다리고 계시며 나를 놀라게 하셨다. 동네가 주택 지역이라 집으로 향하는 길이 한두 개가 아니었고, 새벽에 출근을 하셔서 늘 일찍 주무셨는데 내가 늦는 날은 미리 알기라도 한 듯 잠 못 이루셨다. 어디로 올 줄 알고 자꾸 나오시냐며 짜증 섞인 투덜거림을 내뱉을 때면 "내 딸인데 내가 왜 몰라.", "늦었다. 고마 드가자." 하시며 꾸중이나 추궁하지 않으셨던 아버지 때문에 소심한 반항마저 일찍 끝나버렸다.

지나온 시간 속 형성된 성향 때문이었을까? 대학을 가고 성인이 되어서도 하고 싶은 일이나, 해야겠다고 생각한 일들은 스스로 진행했다. 때론 부모님의 조언을 구하기도 했지만 결정은 오롯이 나의 몫이었으며 책임 또한 그러했다. 다만, 아버지에게 걱정이나 실망을 안겨드리지 않는 것이 중요했다. 맏이라서 받는 기대와 책임감을 떨쳐버리고 싶을 때도 있었다. 아버지에게 보여주기 위한 삶이 아님에도 불구하고 아버지라는 틀에서 벗어나지 못하는 것이 고민되기도 했었다. 돌아보면 내 안의 나를 더 분출해 보지 못한 작은 아쉬움이 남기도 하지만 그 무게 덕분에 울퉁불퉁 하긴 해도 빗나가지 않은 인생을 그려가고 있다고 생각하니 모든 굴곡이 감사하게 느껴진다.

역마살 그녀의 20대 이야기

박지연

20살 여름, 대구행 비행기를 탔다. 처음으로 비행기를 탄 날이다. 유학 중 한국에 잠시 온 친구와 같이 대구로 오게 되었다. 승무원이 어떤 일을 하는지 한 줌의 모래만큼도 모르면서 승무원이 될 거라고 하는 나를 보며 일부러 비행기를 타보자 했다. 그렇게 몸을 실은 게 역마살의 시초였다.

대학 졸업 후 싱가포르에 인턴으로 가게 되면서 역마살의 기나긴 여정이 시작되었다. 1년 남짓 머무는 동안 틈틈이 인근 나라를 여행하며 여권 속 도장의 흔적을 쌓아갔다. 그 후 KTX 승무원으로 입사하며 철길 위에서의 역마살 청춘이 시작되었다. 매일같이 기차에 몸을 싣고, 새로운 사람들을 만나는 하루하루가 어떻게 지나가는지 모를 정도였다. 나의 시간은 KTX의 시속 300km의 속도로 흘러갔다.

이 일이 적성에 맞았던 이유 중 하나는 한곳에 오래 머물지 않는 성격이 컸다. 즉 엉덩이가 가벼웠다. 식사가 끝날 무렵에 남은 음식을 씹은 채로 나오는 일도 흔했다. 남들은 흥행작 위주로 영화를 고를 때 나는 상영시간이 짧은 영화를 택했다. 한 곳에 오래 머무르는 상황이 편치 않던 나에게 기차에서 일하는 건 딱 맞는 옷을 입은 것과 같았다. 걷는 것을 좋아하다 보니 KTX 객실의 370m 거리를 편도 4~5번씩 왕복하는 그 걸음도 가볍게 다녔다. 부지런히 움직이다 보면 마치는 직업, 기한 내 마쳐야 하는 프로젝트도 없고 무사히 종착지까지 도착만 하면 되는 그 일을 목적지를 향해가듯 그저 따라갔다.

갓 입사했을 때의 일이다. 2006년 7월 여름방학 시기였다. 의욕으로 충만한 신입 시절 발바닥에 불이 나는 것도, 굳은살로 채워가는 것도 모르고 객실의 끝과 끝을 부지런히 다녔다. 매 순간 턱 밑까지 열정으로 가득 채워 근무했다. 일주일 후 신입으로는 처음으로 칭찬 편지를 받았다. 혼자 기차를 타고 친척 집에 가던 초등학생 여자아이 보호자 분께 아이의 상황을 알려준 것에 대한 감사의 글이었다. 그 편지 한 장이 의욕으로 충만한 신입에게 방아쇠를 당겨주었다.

한 번은 지팡이에 의지해 겨우 움직이시는 팔순 즈음 되는 할머니 한 분이 역무원의 도움을 받아 승차하셨다. 한 걸음 내딛는 것조차 힘겨워 하시는 할머니 손을 잡고 꽉 동여맨 보따리를 들어드렸다. 객실 안 빽빽이 들어선 좁은 의자에 앉아 있는 게 답답하고 숨쉬기 힘들며 속이 불편하다고 하셨다. 복도 간이 의자에서도 손수건 한 장 꼭 움켜쥔 채 불안해하시는 모습에 마음이 쓰여 오며 가며 컨디션을 살피고 안심시켜드렸다.

서울 도착하기 전 아가씨한테 꼭 줄 것이 있다며 꽃 그림 가득한 몸 빼 바지 안에서 콩 주머니 같은 걸 꺼내셨다. 4번은 더 접은 듯 꼬깃꼬깃 한 오천 원짜리 한 장을 꺼내시며 서울 도착하면 짜장면 한 그릇 사 먹으라 하셨다. 할머니 경비일 텐데 받을 수 없다고 한사코 손사래 쳤다. 하지만 손녀 같은 아가씨 받아달라고 두 손 꼭 잡아 주시는데 더는 거절 할 수가 없었다. '발 디딜 틈 없이 바삐 움직이는 사람들과 화려한 안내판으로 가득 찬 서울역을 무사히 잘나가셨을까'라는 먹먹한 마음이 한참이 지나도 가시지 않았다.

그 외 연예인을 보거나, 옛 친구를 승객으로 마주치거나, 간식거리를 나눠주는 승객을 만나고, 감사 편지를 받는 등 다양한 추억들이 탑처럼 쌓여갔다.

반면 회의감을 들게 한 일도 있었으니 바로 승객들의 부정 승차다. 기차는 정당한 푯값을 지불하고 승차하는 것이라고 누구나 생각한다. 하지만 부정승차를 하는 승객들이 있음을 알았고 그렇지 않은 날은 극히 드물었다. 승객들의 부정 승차 방법은 날이 갈수록 다양하고 대범해졌다.

장애인이 아닌데 장애인 할인을 받은 표를 가지고 승차하는 고객, 어린이 표나 청소년 표를 들고 타는 고객, 부산-서울이면 대구-서울이나 대구-대전으로 중간 승차 구간만큼만 끊어서 승차하는 고객, 서울 가면서 대전 가는 표를 끊어와 자다 못 내려 서울까지 타고 가겠다고 우기는 고객, 무궁화나 새마을호 기차표를 가지고 KTX인지 모르고 승차했다며 당당하게 자리를 요구하는 고객, 운행이 종료된 표나, 운행 시작도 전인 표를 들고와 승차하는 고객, 시간이 없어 표를 못 산 거니 부가금을 낼 수 없다고 하는 고객, 처음부터 무임승차로 타서 화장실에 숨거나 여기저기 빈자리를 찾아다니는 고객, 잘못된 표임을 알고 타서 자는 척하는 고객, 일반실 표를 끊어놓고 특실에 당당히 앉아있는 고객 등 부정승차 방법은 셀 수가 없었다. 기차 안에서 주어진 업무시간은 늘 똑같은데 그런 승객들을 상대할땐 다른 업무가 안될 만큼 많이 힘들었다. 그러다 보니 정당하게 승차권을 소지하고 타는 고객들조차도 색안경을 끼고 보는 직업병이 생겼다.

크고 작은 에피소드와 잔잔한 감동으로 채워진 20대 시절의 역마살은 결혼이라는 신호탄과 함께 새로운 방식으로 환승했다. 지금은 뱃속에서 나온 동반자들과 함께 여행 중이다. 엄마로 인해 반강제적으로 동남아 한 달 살기 및 소소한 여행을 함께하는 아이들과의 지금은 또 다른 즐거움과 든든함을 준다. 새하얀 도화지 가득 채워갈 우리들의 이야기가 어떻게 전개될지 잠시나마 눈을 감고 그려본다.

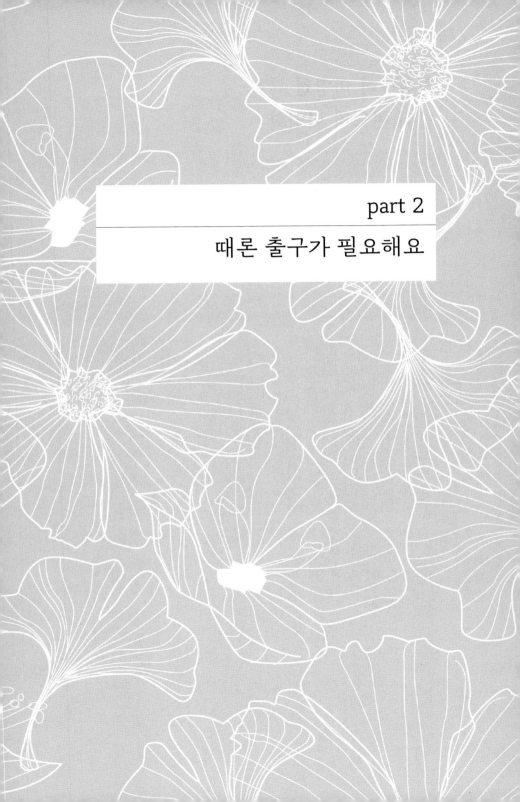

part 2

때론 출구가 필요해요

칭찬받아 마땅한 착한
콩쥐 며느리 이영화

이영화

말이 씨가 된다는 속담이 있다. 이상하게 어릴 때부터 어른들이 나를 보면 부잣집 맏며느릿감이라고 말씀 하셨다. 그래서였을까. 부잣집은 아니지만 결혼을 하면서 한 집안의 맏며느리가 되었다.

처음 만나는 소개팅 자리에서 남편은 두 가지 질문을 했다.

"난 장남이라서 제사를 모셔야 하는데 제사 지낼 수 있어요?"

"난 장남이라서 부모님을 모셔야 하는데 부모님이랑 같이 살 수 있어요?"

한 치의 망설임도 없이

"네! 신혼 때는 둘이 살다가 나중에 합가하는 거는 상관없어요."

라고 대답했다.

너무나 당연하다는 듯이 얘기하는 나에 남편은 의아해했다. 정말 난 아무렇지도 않았다. 어릴 때부터 우리 집은 손님이 끊이지 않았다. 시골에서 일찍 도시로 와 자리 잡은 아빠로 인해 친척의 친척까지 시골에서 올라오면 자리 잡을 때까지 머물다 가는 곳이 우리 집이었다. 아들이 없는 큰집으로 양자를 간 아빠로 인해 엄마는 시부모님을 네 분이나 모셨고 아빠는 생가에서 육 남매 중 맏이였으며 양가에 여동생이 세 명 더 있었다. 제사는 거의 한 달에 한 번꼴로 지냈고 두 할머니는 돌아가시기 전에 치매로 인해 가족들이 돌아가면서 돌봐야 했다.

이런 환경에서 자란 내가 결혼하면서 시부모님과의 합가와 제사는 싫어할 만도 한데 난 아무렇지도 않았다. 오히려 나의 이런 반응에 이상해하는 남편이 더 의아했다. 남편은 나를 만나기 전 200번도 넘는 선을 봤다고 한다. 그래서 항상 나를 보고 서울대 경쟁률을 뚫은 여인이라 농담 반 진담 반으로 얘기하곤 했다. 그 많은 선을 보면서 결혼의 첫 번째 조건이 이 2가지라 했다. 이 2가지 조건을 흔쾌히 대답한 나는 남편과 결혼을 하게 되었다.

결혼 후 시댁에서 전혀 의도치 않게 착한 콩쥐 며느리가 되었다. 노총각 장가 못 갈까 봐 매일 노심초사하시던 시부모님은 그저 내가 이쁠 수밖에 없었다. 두 분 다 연세가 많으셔서 손주만 손꼽아 기다리고 계셨다. 결혼하고 다음 해에 바로 손주를 안겨드리니 난 세상에 둘도 없는 며느리가 되었다. 둘째가 태어나고 시댁의 환경적 요인으로 인해 제사를 우리 집으로 가져오게 되었다. 어머니는 요즘 세상에 제사를 가져가는 며느리가 어딨냐며 동네방네 자랑을 하고 다니셨으며 난 더더욱 의도치 않게 착한 콩쥐 며느리가 되었다.

항상 시부모님의 케어를 도맡았다. 두 분 다 지병은 있으셨지만 관리만 잘하면 문제는 없었기 때문에 크게 걱정은 하지 않았다. 그러다 작년 11월쯤 아버님이 갑자기 직장암 말기 선고를 받으셨다. 이미 간에 전이가 된 상황이라 수술은 할 수 없고 항암치료를 빨리 하지 않으면 6개월밖에 남지 않았다는 선고를 받았다. 드라마에서나 있는 일인 줄 알았다. 건강검진에서 이상소견이 있어 단지 2차 검진을 했을 뿐이었다. 전혀 자각증상이 나타나지도 않았었는데 암 말기라는 사실을 믿을 수가 없었다. 아버님은 아버님대로 갑자기 암 말기 환자가 되어버린 자신을 받아들이기 힘들어하셨다. 평소 어린 시절 기억으로 아버님에 대한 원망만 가득했던 남편도 방황하기 시작했고 매일 밤 눈물로 지새웠다.

마냥 슬퍼만 할 수 없었다. 나라도 중심을 잡아야만 했다. 아버님 병원 스케줄과 아버님의 모든 것을 체크하고 케어하기 시작했다. 이로 인해 전혀 의도치 않게 점점 더 착한 콩쥐 며느리가 되었다.

사실 난 착한 콩쥐 며느리가 아니다. 왜냐하면 착한 콩쥐 며느리로 되어버리게 한 모든 일들이 나의 이기적인 마음에서 나온 일들이기 때문이다. 하지만 사람들은 나의 이 마음을 알지 못하기 때문에 나를 그저 착한 콩쥐 며느리로 본다.

제사를 가져온 것도 시부모님을 케어하는 것도 전부 나의 이기적인 마음에서 나온 것들이다. 먼저 제사는 시댁의 환경적 요인이 컸고 맏며느리의 자리에 제대로 서고 싶은 마음이었다. 이런 나의 이기적인 마음들이 나를 착한 콩쥐 며느리로 만들어버렸다. 시부모님을 케어하는 일도 나의 이기적인 마음에서 나온 것들이다. 아버님이 처음 암 판정을 받았을 때 남편만큼은 아니겠지만 무거운 돌멩이가 머리 위에 올라와 있는 것처럼 갑자기 명해졌다. 눈물이 흘러내리기 시작했고 세상의 길이 여기서 끝나는 듯했다.

다른 마음 한구석에는 또 다른 이유로 막막해지기 시작했다. '코로나로 인해 주춤했던 나의 일들이 다시 이제 막 피어오르기 시작했는데 이걸 다 포기해야 되는 시기가 오면 어떡하지? 그럼 난 포기할 수 있을까?'라는 걱정들이 몰려왔다. 난 포기하기 싫었고 그러기 위해서는 아버님을 최대한 케어해야 했다. 이 이기적인 마음들이 또 의도치 않게 착한 콩쥐 며느리로 만들어 버렸다. 그래서 누군가가 이런 나에게 대단하다고 이런 며느리가 어딨냐고 칭찬을 할 때면 항상 부끄럽고 불편했다.

이제 난 착한 콩쥐 며느리라는 타이틀에 갇혀버렸다. 항상 모든 일을 내가 도맡아서 해야 했고 또 그렇게 해야만 될 것 같았다. 나에게 누구 하나 강요하는 사람이 있는 것도 아닌데 이 모든 일들이 며느리로서 해야 하는 당연한 일처럼 느껴졌다. 아버님의 케어가 기한이 정해지지 않은 끝이 없는 레이스이기에 점점 지쳐가나 보다. 이기적인 마음이든 아니면 당연하다고 묵묵히 했던 일들이 이제는 조금씩 무거워지고 한 번씩 내려놓고 싶은 위기가 찾아온다. 이럴 때마다 잘 극복할 수 있도록 나에게 용기를 주고 싶다.

"칭찬받아 마땅한 착한 콩쥐 며느리 영화야~ 수고했어~ 사랑해~."

여덟 살 드레스

성연경

여섯 살 차이가 나는 여동생이 첫돌 사진을 찍을 때였다. 당시 지역에서 이름있다 하는 사진관에 가서 촬영을 하기로 했다. 여덟 살이었던 나는 동생의 사진촬영은 안중에 없었고, 그곳에 진열되어 있던 하얀 드레스와 그 의상을 입고 촬영한 여자아이의 액자 사진에 마음을 빼앗겼다. 나와 또래가 비슷해 보이는 액자 속 아이처럼 드레스를 입고 왕관을 쓰고 예쁜 포즈의 사진을 찍고 싶었다. 칭얼거리는 한 살배기 여동생의 사진을 찍느라 바쁜 엄마를 붙들고 졸라댔다.

"엄마, 나도 저 드레스 입고 사진 찍어줘. 응? 응?"

"알았어. 오늘은 동생 돌 사진 찍으러 왔으니까 다음에 해줄게."

나는 거듭해 엄마에게 다짐을 받았고 그 약속을 철석같이 믿었다. 드레스를 입고 사진 찍는 날을 손꼽아 기다렸다. 2년 뒤 여덟 살 차이가 나는 남동생이 태어났고 그의 첫돌 사진촬영이 지났음에도 나의 드레스 이야기는 깜깜무소식이었다.

불우한 어린 시절은 아니었다. 아빠는 장남이고, 엄마는 막내딸이라 태어나면서부터 양가 할아버지와 할머니의 사랑과 관심을 가득 받았고, 친척분이 유아의류사업을 해서 옷이 넘쳐나는 유년기를 보냈다. 그리고 외동으로 자란 유아시절이라 공원이나 유원지에서 찍은 사진도 많았다. 그런데 유독 그날 그 드레스가 그렇게 입고 싶었고, 사진관에서 촬영을 하고 싶었다. 꼬까옷을 입고 돌사진을 찍는 동생이 샘이 났던 걸까, 액자 속 그 모델 아이가 너무 예뻤던 걸까. 평소에 하지 않던 투정을 부렸었다.

어느 날 무언가 서러운 일이 있었던지 아빠에게 칭얼거리다가 그 드레스 이야기를 꺼내고 약속을 지키지 않은 부모님을 원망했다. 결국 쓸데없는 짓이라는 꾸중만 들었다. 지금 생각하면 실용성이 떨어지는 일이라는 의미라고 이해가 되나 그 당시 나에게는 그 드레스가 꿈이었고 매우 중요했다. 어린 마음에 하늘이 무너지는 것 같았다. 그 후 두 번 다시 드레스며 사진촬영 이야기는 입에도 올리지 않았다. 그렇게 나의 사진관 드레스는 잊힌 줄 알았다.

결혼을 하고 딸이 태어났고 첫돌이 되었다. 정성껏 잔치를 치르며 불현듯 생각했다. 생일 때마다 예쁜 드레스를 입혀주어야지. 그 후 아이의 생일이 될 때마다 예쁜 드레스나 화려한 원피스를 준비했다. 집에서 소소하게 생일상을 차려 사진을 찍어 주어도 꼭 의상을 준비하곤 했다.

그리고 아이가 다섯 살 무렵부터 배우기 시작한 벨리댄스는 나의 마음속 깊은 곳에 자리 잡고 있던 결핍을 채우기에 더할 나위 없이 좋았다. 연습용 의상으로 충분한 취미반과는 달리 전문반은 해마다 공연과 대회를 위한 의상이 여러 벌 필요했다. 안무와 대회 규격에 맞춘 의상이지만 무대에서 더 빛나기를 바라는 엄마의 욕심이 더해져 나이에 비해 과하다 싶은 가격의 의상도 맞춰주었다. 그리고 대회장에서 개별로 접수받는 사진촬영도 빠트리지 않고 신청해 아이의 특별한 순간을 사진으로 남겨주었다.

아이가 3년을 벨리댄스에 매진하는 동안 나는 그녀의 의상에 힘썼다. 코로나와 더불어 여러 가지 사유로 인해 벨리댄스를 중단한 지금, 아이의 무용 의상들을 옷장 한편에 잘 간직하고 있다. 성장기인데다 안무마다 적합한 의상이 있어 다시 벨리댄스를 시작한다 해도 입지 못할 것이고, 대회용 의상이라 리폼을 해도 평상복으로 입기엔 너무 화려한 옷이라 자리만 차지하지만 나는 그것들을 오래도록 간직하고 싶다. 아이의 노력을 담아낸 의상이자 나의 잠재되어 있던 결핍을 치유해 준 드레스이기 때문이다.

이제 나는, 어린 날 사진관에서의 약속을 지키지 않은 부모님을 원망하지 않는다. 다만 아이에게 허투루 약속하지 않는다. 당장의 상황을 모면하거나 일을 해치우기 위해 지키지 못할 이야기는 하지 않겠노라고 늘 다짐한다. 약속이 지켜지지 않았을 때 생기는 마음의 상처가 얼마나 마음 깊숙이 파고들어 혼자만의 외로운 싸움이 되는지, 문득문득 서글픈 기억이 되는지 알기 때문이다.

진흙 연못

김명숙

스라소니는 고양잇과의 맹수다. 고양이와 호랑이의 중간쯤 된다고나 할까. 지금은 거의 멸종 되어 보기가 쉽지 않은 동물이다. 스라소니를 책에서 처음 봤을 때 특유의 생김새인 뾰족한 귀가 인상적이었던 기억이 난다. 마치 만화에서 장난으로 귀에다 안테나를 달아놓은 것처럼 우습기도 했다.

그런 스라소니의 귀에는 비밀이 있다고 한다. 장난처럼 귀여운 귀는 스라소니의 뛰어난 청력의 근간이다. 귀에 안테나처럼 나와 있는 귀 털은 일반적으로 사람이 들을 수 없는 음역대인 초고주파 음을 구분해내는 데 사용한다. 그래서 아무것도 보이지 않는 칠흑 같은 어두운 밤이나, 먼 거리에서도 먹잇감의 움직임만으로 먹이 사냥을 가능하게 해주는 역할을 한다.

내가 스라소니의 대목을 잘 기억하는 이유는 마치 예전 어느 한때의 내모습이 오버랩 되었기 때문이다. 세상을 대할 때 늘 안테나를 세우듯이 타인의 모든 면들을 주시해서 보는 나의 모습과 닮아 있었다. 스라소니의 귀가 바람소리나 일반적인 소리는 대수롭지 않게 걸러 내지만, 먹잇감의 움직임은 여지없이 구별해 내듯이, 나도 끊임없이 나와의 비교 대상을 정해 놓고 안테나를 세우며 살았던 날들이 있었다.

우스갯말로 여자들은 3초면 상대방의 머리부터 발끝까지 스캔이 가능하다 한다. 내가 그랬다. 늘 누군가와 비교를 해가며 나의 부족과 열등을 확인하는 사람이었다. 이 비교가 결혼 전 혼자일 때는 얼마든지 통제가 가능했다. 시간적, 경제적으로 주도권을 가진 청년기에는 포장 가능했다. 그런데 결혼을 하고 아이를 낳아 키우는 초기 육아시절에 통제 불가능함 속에서 나의 본 모습들을 여지없이 대면할 수밖에 없었다. 마음 같지 않은 경제력, 마음 같지 않은 남편과 조그만 아기, 정말 마음 같지 않은 시간들이었다.

어려운 시기를 어떤 모습으로 보내는가가 그 사람의 본 모습이라고 하는데, 정말 엉망이었다. 가장 가까운 육아 파트너인 남편에게 정제되지 않은 날카로운 언어로 할퀴어 놓기, 매일매일 불평 쏟아놓기, 아이를 어떻게든 많이 재우려고 애쓰기 등, 그러니 삶이 어땠겠는가. 늘 불안할 수밖에. 그중 육아 시절을 가장 불행하게 했던 영역 중 하나가 육아용품 영역이었다. 나는 디지털과 아날로그 두 시대를 겪어 온 70년대 마지막 시대 사람이다. 세이클럽, 아이러브스쿨, 싸이월드, 카페 등 온라인으로 소통하는 것이 어색 하지 않던 세대다. 지금은 카스, 페이스북이나 인스타로 소통하지만 옛날 그 시절엔 그랬다.

아이가 잠깐씩 자주는 시간이 유일한 여유 시간인 육아시기. 그 귀한 시간을 어떻게 보냈을까? 인터넷 검색하느라 눈 뻘겋게 해서 보내기가 일쑤였다. 다들 공감할법한 경험일 것이다. 인터넷에서 이것저것 열어보고 타고 타고 들어가다 보면 시간은 눈 깜짝할 새 지나가 버리는 거. 그러다 아이가 '이잉' 하고 깨면 괜히 아이한테 짜증스러운 맘이 불쑥 든다.

　사람에게는 자기에게 필요한 정보들만 골라서 인지하는 특수 기능이 있다. 수많은 아이들 중에서 '엄마~'라고 부르는 내 아이 소리에는 즉각 반응 할 수 있다. 어린이집 행사에 가면 내 아이만 보이고, 내 아이 목소리만 들리지 않은가. 이 기능을 십분 발휘하여 인터넷 서핑 속에서 나와 같은 시기를 보내는 사람들의 사이트를 열심히 검색했다. 인터넷 공간 속 타인의 일상은 얼마나 아름다운지. 마치 인테리어 잡지 속에 한 점 흐트러짐 없는 공간을 보는 듯한 느낌이 들었다. 사진 속의 아기들을 둘러싼 물건과 환경들에 왜 그렇게 시선이 가던지.

　어떤 브랜드의 옷을 입히고, 신생아, 백일, 기고 앉기, 걸음마 등 아기의 발달 단계에 따른 육아용품들 때문에 자주 헛헛했다. 그 모든 것을 원하는 만큼 채울 수 없어 늘 의기소침한 마음을 애써 누르며 살아낼 수밖에 없었다. 좀 더 합리적이고 아이에게 필요한 육아정보를 알아본다는 명목하에 늘 온라인 속 타인의 일상을 들여다보며 스스로 열등감이라는 감정의 연못을 허우적거리고 있었다.

　나는 진흙 연못 같은 사람이었다. 잔잔한 진흙 연못은 마치 맑은 연못처럼 보인다. 고운 진흙 입자들은 한 치의 흔들림도 없이 밑바닥에 가붓이 가라앉아 그 어두운 진흙 색을 배경으로 더욱 물을 맑아 보이게 한다. 하지만 작은 파동이라도 일라치면 맑던 호수는 순식간에 진흙으로 흐려지고 만다. 시간적, 경제적으로 통제 가능했던 시절엔 몰랐다. 내 밑바닥에 입자 고운 진흙이 가라앉아 있다는 것을. 하지만 나의 통제를 벗어난 순간 일렁이는 물결에 일어나기 시작하는 진흙은 나란 사람의 실체를 가감 없이 드러냈다. 나는 그 진흙의 존재를 인정하지 않으려 발버둥 치며 그 모든 원인을 타인과 환경에 돌리기 급급했다.

　지난 시절을 되돌아보면 쓴웃음이 난다. 지금 알고 있는 것을 그때도 알았더라면. 그때의 나로 돌아갈 수 있다면 좀 더 다른 시간들을 보낼 수 있었을까? 음……. 아마도 그때의 열등감 똘똘 뭉친 시간이 없었다면 그때를 되돌아볼 지금의 나도 없었을 것이다. 꽤 괜찮은 척 보여도 나라는 사람은 진흙 연못 같은 사람이었고, 진흙 연못 같은 사람이다.

할머니에게서 할머니에게로

최신애

"내가 어리석었지요. 미안해요."

스마트폰 디톡스를 하는 중 우연히 어떤 인터뷰 영상을 보게 되었다. 전 세계 영화계를 들썩이게 한 〈미나리〉에 할머니 역으로 출연한 배우 윤여정이 나왔다. 인터뷰 내용만으로 그녀의 연기가 얼마나 진심이었을지 짐작할 수 있었다. 그녀는 누구라도 공감할 보편적인 할머니 상을 보여주려고 했고, 덕분에 아카데미 여우조연상에 모자람 없는 연기를 펼칠 수 있었지 않을까?

그녀가 인터뷰에서 눈물을 보인 것은 증조할머니에 대한 감정 때문이었다. 60세가 되어서야 증조할머니에게 못되게 군 자신을 돌아보기 시작했다고 한다. 6·25 전쟁 후 넉넉한 집이 없었다. 물도 일정량만 배급받던 시절, 증조할머니는 가족들이 쓰다 남은 물로 씻으셨다. 그런 할머니를 추하다고 생각하며 미워했었던 그녀. 하루 두 끼만 먹고 '배가 고프지 않다' 던 할머니의 말도 곧이곧대로 믿었다고 한다. 후회는 늘 뒤늦게 찾아오는가 보다. 그녀의 후회와 닮은 것이 내 속에서 뜨겁게 올라왔다. 나의 할머니!

엎드려 사죄할 뿐 아니라 감사를 전하고 싶어졌다.

　나의 뿌리가 아니었다면 내가 여기 이렇게 살아갈 수 있을까. 할머니의
고단한 표정과 깊이 팬 주름이 잊히지 않아 손으로 허공을 훠이훠이 휘저
었다. 맞벌이로 얼굴 보기 힘들었던 부모님 대신 할머니는 세 명의 손주를
도맡아 키워주셨다. 끼니부터 주전부리에 빨래까지 자그마한 할머니가 지
기에 무거운 짐이었다.

　침묵의 수고에 감사할 줄 모르던 나는 할머니의 굽은 허리가 부끄러웠
다. 새하얗게 서리 내린 쪽진 머리, 얼굴에 패인 주름 하나하나가 궁색해
보였다. 고마운 데도 미운 이유가 있었다. 할머니가 돌봐주시니 엄마가 일
하러 가게 되었다는 원망이 그것이다. 할머니가 큰집에 가시길 간절히 바
랐던 나의 어리석음은 이제 누구에게 용서받을 수 있을까. 엄마가 없는 아
침이 싫어 등교를 거부했고 미운 마음을 할머니에게 풀었다. 짜증은 기본
이고 반찬투정은 옵션이었다. 비가 오면 비가 온다고, 날이 좋으면 좋다고
할머니에게 쏟아 부었다. 싫은 내색 한번 않으시던 할머니의 인내는 어디
서 나왔을까? 아들과 며느리를 원망하지 않는 과묵한 할머니의 속은 썩을
대로 썩지 않았을까?

　17년차 내공이라도 육아는 항상 낯설고 벅차다. 세월은 가는데 일상은
제자리걸음 하는 것 같았다. 아무리 발버둥 쳐도 꿈을 이룰 여유는 생기지
않았다. 더 늦출 수 없어 글을 쓰기 시작했다. 현실의 불만족은 최고의 글
감이 되는지, 할 말이 유독 많았다. 육아라는 무게중심을 '나'에게 옮겼다.
남편을 위한다며 독박 육아하던 일상을 바로잡기 시작했다. 남편에게 나의

시간을 요구하고 아이들이 스스로 밥을 차려먹도록 일상을 재편했다. 그러지 않고서는 글을 쓸 수 없었다. 번뜩이는 글감을 글로 옮기는 일이란 저항을 만나기 일쑤였다. 몇 시간이 찰나처럼 지나면 아이들의 하교하는 발자국 소리가 현관을 두드렸다. 매일 타협하지 않고 시간의 끈을 바투 잡으며 쓰다 보니 몇 권의 책을 출간하게 되었다. 시간의 축을 나에게 기울였기에 가능한 여정이었다. 쓰기에 몰입할 때마다 일상은 자주 풀리는 운동화 끈처럼 거추장스러웠다. 아무도 없는 곳으로 떠나면 해결될 것만 같았다. 하나의 목표를 향한 열정이 토막 나 이어 붙이기 쉽지 않았기 때문이다. 잠을 줄이는 수밖에 없었고 옷을 고르는 시간도 아까웠다.

박경리 선생님은 재봉틀로 삯바느질을 하고 아이를 키우며 《토지》를 썼다고 한다. 지금 나는 굽은 등의 할머니와 박경리 선생님 사이 어디쯤 있을까. 가족을 위해 살던 내가, 재봉틀을 돌리듯 시간을 자르고 붙여 살림과 육아 사이에서 글을 쓰고 있다. 40대 워킹맘이 글을 쓰며 저울의 수평을 유지하는 것이 얼마나 어려운지 도전하면서 알게 되었다.

고단한 몸으로 말없이 희생하시던 할머니를 생각하며 좁은 속에 허둥대는 나를 타이른다. 할머니의 시간은 어리석은 희생이 아니었다. 나의 유년에 할머니가 있어서 지금 제자리에 선 것을 왜 모르겠는가. 배가 아프면 만져주시던 주름진 할머니의 거죽뿐인 손바닥은 늘 따뜻했다. 할머니 손길이면 체한 속이 풀리던 나였다.

할머니의 충분했고 경이로운 손길이 나를 지금까지 이끌어 온 것에 고개를 숙여본다. 당신의 수고로움을 기억하며 '잘 하고 있는 것일까?'의 답을 찾는다. '잘하지 않아도 돼. 할 수 있는 만큼만 걸어가도 되니까.' 할머니만큼 희생하지 않아도, 박경리 선생님처럼 위대한 작품을 창조하지 못해도, 일상과 글쓰기 사이에 허둥대고 기울 수 있다는 것이 얼마나 대견한지 조금 알 것 같다.

문득 떠오른 그때 그 말

둘째 아이를 어린이집에 보내고 '앞으로 무엇을 할 것인가?'에 대한 고민이 깊었다. 집에서 살림만 하는 것은 적성에 맞지 않았다. 아이들은 엄마가 키워야 한다고 생각해 다니던 회사는 퇴직하기로 했다. 아이를 돌보며 시간 활용을 자유롭게 할 수 있는 일을 하고 싶은데 그러기엔 가진 재능이 턱없이 부족했다.

"이렇게 아이들 교육에 관심이 많은 엄마인데 교육 정보 들으러 와요. 선생님으로 등록되면 책도 저렴하게 구입할 수 있고 시간도 자유로워요."

라고 하신 말씀에 솔깃했다. 아이들에게 책도 많이 읽어주고 싶은데 책값은 비싸기만 하다. 외벌이여서 책을 많이 사기에는 부담스러웠는데 저렴하게 살 수도 있고, 교육 정보도 듣고 무엇보다도 시간이 자유롭다는 그 말에 마음이 흔들렸다. 이를 고민하는 과정에서 '아이들을 어떻게 키울 것인가?'에 대한 질문을 하게 되었고 답을 하며 나만의 교육관을 가지게 되었다.

내가 찾은 교육 방향은 엄마가 스스로 공부를 해야 했다. 책을 빌리러 도서관에 갔을 때 수강 모집 글을 보았다. 〈부모교육 – 하브루타〉 '하브루타가 뭐지?'라는 궁금함이 생겼다. 자세한 정보를 찾아보니 교육 방향과 일 맥상통했다. 하브루타는 필수라고 확신해 아이들을 잘 키우겠다는 일념으로 부모교육부터 시작해서 자격증 과정까지 이수했다. 수업을 들을 때만 해도 직업으로 삼고 싶은 마음보다는 우리 아이들을 잘 키우는 데 활용하고 싶었다. 하브루타 스터디를 하며 강사에 도전하는 선생님들의 모습을 보며 내 모습을 떠올려봤다. '내가 선생님이 될 수 있을까?' 그러던 중 문득 일전의 경험이 생각났다.

대학교 3학년 겨울방학, 강의 시간표를 보며 듣고 싶었던 교수님의 강의를 들을 수 있어 들떴었다. 아직은 쌀쌀한 봄날에 그분을 강의실에서 처음 뵙게 되었다. 교수님의 강의를 듣고 싶었던 기대와는 달리 발표 수업 위주였다. 멍했다. 이 수업을 듣기 위해 1년은 기다렸다. 혹시나 이번에 수강 모집을 하지 않는 것은 아닐까 하며 걱정부터 했었다. 더군다나 학생이 발표하는 수업이라고 하니 앞이 까마득했다.

어느덧 내 차례가 되었다. 전날부터 잠이 오지 않았다. 대본을 만들고 연습을 반복했다. 강단으로 나가면서 얼굴은 홍당무처럼 빨개졌고 작고 떨리는 목소리는 누가 봐도 긴장한 모습이었다. 그렇게 첫 발표가 끝나고 질문 시간을 갖는데 교수님께서 말씀하셨다.

"자넨 선생님을 해야겠네."

초등학교 시절 장래 희망을 조사할 때 선생님으로 적은 기억이 없다. 고등학교에서 문ㆍ이과를 고민할 때도, 대학에서 전공을 선택할 때도 선생님과 관련된 직업은 고려조차 해 본 적 없었다. 사람들 앞에서 강의하는 것은 노력하고 극복하고 이겨내야 할 일이 많았다. 새로운 사람으로 태어나는 것이 더 빠르다고 생각했다. 그런데 선생님이라니.

　다시 떠오른 그 말씀에 이유를 생각하며 발표 준비하던 과거를 살펴보았다. 4학년이 되었으니 내용을 요약하여 발표하기보다는 충분히 이해한 후 쉬운 예를 들어 설명하는 것, 나의 것으로 만들어 발표해야겠다는 전략을 세웠다. 교수님께서는 그 점을 가상히 여겨주신 것이 아닐까라고 생각했다. 운명처럼 생각난 그 말씀 덕분에 사람들 앞에 서는 두려움을 극복하기로 했다. 하브루타 공부를 할수록 우리 아이들에게만 적용하고 싶지 않은 마음도 도전의 계기가 되었다.

　아이들과 첫 수업을 여전히 기억하고 있다. 수업이 끝나고 나서 홀가분했다. 긴장도 하지 않았고 준비한 것을 해냈다. 끝나고 나면 두 다리의 힘이 풀릴 것이라 예상했는데 오히려 발걸음이 가벼웠다. 지금도 대학 시절 발표 준비를 하는 마음으로 강의 계획안을 고안한다.

　매 수업마다 의도대로 수업이 흘러가지는 않는다. 아이들의 생각과 반응을 모두 예상할 수 없기 때문이다. 한 가지 확실한 것은 매번 아이들을 통해 배우고 아이들에게 감동받고 아이들의 생각을 들을 수 있어서 삶이 이전보다 충만해진 느낌이다. 불현듯 스쳐 지나간 기억 덕분에 행복한 시간을 보내고 있었다.

언제부터 어른이 된 걸까?

이영은

익숙한 냄새가 난다. 이 냄새를 맡으면 괜히 설레고 긴장되기도 한다. 마음이 콩닥거리면서 어디론가 떠나버리고 싶다. 살랑거리는 꽃무늬 원피스를 입고 단화를 신고 벚꽃이 활짝 핀 거리를 거닐고 싶다. 좋아하는 봄 냄새다.

준비할 겨를도 없이 와버린 봄 냄새 덕분에 마음이 말랑해진다. 계절이 바뀔 때면 냄새부터 달라진다. 특히나 봄이 오는 냄새는 향기가 짙다.

아이의 손을 잡고 등원하는 길, 봄 냄새를 만끽하며 혼자의 상상에 빠졌다.

"이제 봄이네, 봄 냄새가 난다."

이해할 수 없다는 눈빛으로 나를 바라보던 아이가 입을 연다.

"언제부터 봄이 되었어요?"

3월이란 뻔한 대답하려다 말랑해진 마음이 무미건조한 대답을 가로막는다. 좀 더 달콤하게 아이이게 전해주고 싶어진다.

"몇 월 며칠부터 무슨 계절이다 하고 정해져 있을까?"

여전히 뜬구름 잡는 듯한 엄마의 질문에 아이는 대화를 포기하고 싶어 하는 듯 보였다.

"그냥 계절은 은근히 다가오는 것 같아. 어느새 돌아서면 봄이고 돌아서면 가을인 것처럼."

익숙해진 엄마의 뜬금없는 반응에 아이는 발길을 재촉할 뿐이다.

그러거나 말거나. 엄마는 멜로망스의 감정에 빠지련다. 듣던 말든 이야기를 이어나갔다.

"네가 아이였다가 어느새 이렇게 초등학생이 된 것처럼 계절도 그렇게 바뀌는 것 같아."

여전히 말이 없던 아이가 내 손을 놓는다. 꾸벅 인사를 하더니 학교 안으로 뛰어 들어가 버린다. 여전히 촉촉해진 내감성이 아이의 뒷모습을 놓치지 않고 더 깊은 감정에 파고든다.

'어느새 너도 곧 어른이 되어서 내 손을 놓고 세상으로 뛰어 들어가겠지…….'

뒤돌아 혼자 집으로 오늘 길에 문득 궁금했다.

'아이는 언제 어른이 되어 내 곁을 떠날까?'

'난 언제부터 어른이 된 걸까?'

스무 살이 되던 해 드디어 성인이 되었다며 당당하게 술집으로 들어갔다. 주민등록증을 검사하면 의기양양하게 목에 힘을 주고 입가에 미소를 지으며 신분증을 내보여주었다. 그렇게 어른이 되었다 생각했다.

학교를 졸업하고 사회생활을 시작하며 불타는 열정을 일에 쏟아붓고 있을 때였다. 일에 열중하고 회의를 하는 모습이 이제껏 상상했던 진짜 어른의 모습과 닮아 있었다. 내가 돈을 벌수 있다는 것도 내 돈을 맘껏 쓸 수 있다는 것도 신기할 뿐이었다. 부모님의 도움 없이 생계를 꾸려 나갈 수 있는 자신감에 진정한 어른이 되었다 착각했다.

결혼을 하고 둘이서 하는 신혼생활은 소꿉놀이를 하는 것 마냥 어른의 자유를 만끽하기 충분한 듯했다.

기다리고 원하던 엄마가 된 날, 아이를 보며 뜨거운 눈물을 흘리며 어른의 대명사인 엄마 대열에 들어섰다 뿌듯했다. 인류에 한 획을 긋기라도 한 것처럼 이제야 진정한 어른이 된 것이라 생각했다.

어린 시절 빨리 어른이 되길 희망했다. 엄마와 선생님 흉내를 내며 다가올 미래를 상상하며 일찌감치 뿌듯해하곤 했다. 순수한 어린이의 마음으로.

엄마가 되기 전 진짜 어른이 되었다는 착각과 좀 더 멋진 어른이 되고 싶단 소망이 공존했다. 열정 어린 마음으로.

엄마가 되고 나니 어른이 되는 게 무서워졌다. 이제껏 느껴보지 못한 책임감에 두려움이 함께 밀려왔다. 내가 하지 못할 것만 같은 일들과 걱정에 피하고 싶은 마음도 들었다. 세상을 조금 알아버린 갓 어른의 마음으로.

언제부터 난 어른이 된 걸까?
지금도 나는 어른이라 할 수 있을까?

어른이 되길 동경하고 상상하는 마음을 가지고 있었던 난 어른이 아니었다. 어른이 되었다 착각하고 자유를 누렸던 순간들도 난 어른이 아니었다. 어른의 무게가 묵직하다 생각하고 돌아가고 싶단 생각이 드는 요즘 조금은 어른이 된 것 같다.

그토록 동경하고 꿈꿔왔던 갓 어른이 된 지금, 더 큰 어른이 되기가 두려워진다.

결혼이란 출구와 육아라는 입구

박지연

뭐든 한곳에 오래 머물면 고인 물이 되는 것처럼 언젠가부터 힘들고 찌들어갔다. 발에 날개가 달린 듯 날아다니던 입사 초기와 달리 해가 거듭될수록 몸이 힘들다는 신호를 보내왔다. 매일 흔들리는 기차 위에서 걸으니 심한 팔자걸음이 되었고 허리, 골반, 무릎, 발목까지 신호를 보내기 시작했다. 방실방실 잘 웃던 표정은 점점 굳어갔고 수월한 스케줄만 승무하고 싶었다. 정차역이 적은 열차에 승무하거나 친한 동료와 근무 하는 게 유일한 낙인 듯 지쳐가며 기차에 영혼 없이 몸만 실어 일하는 날이 많아졌다.

우리가 흔히 말하는 입사 1년 차, 3년 차, 6년 차의 3배수 슬럼프가 오듯 6년 차의 슬럼프는 최고조에 달했다. 몇 년 동안 거의 똑같은 일을 반복하며 현실에 안주하는 나를 볼 때마다 게을러지고 어리석어지는 것이 아닌가 하는 걱정이 물밀 듯이 몰려왔다. 그때 내 나이 30세. 7년의 연애 끝에 지금의 남편과의 결혼을 탈출구로 삼았다. 하지만 결혼 준비과정의 설렘 이면에 불안감이 있었으니 바로 결혼 후 지금껏 해온 일의 지속 여부였다.

결혼의 좋은 점은 새로운 보금자리와 든든한 짝이 생긴다는 것이지만 그

후의 삶은 미지의 세계로 진입하는 느낌이었다. 언론에서 자주 등장하는 경력단절녀 중 한 명은 되기 싫었다. 그렇지만 승무원 일을 계속 이어 나가기에는 심신이 너덜너덜해져 있었다. 그렇게 결혼을 앞두고 앞날을 대비해 무엇을 할 수 있을까 고심하는데 많은 에너지를 썼다.

그러다 묵은 약속 중 하나인 대학원을 진학하기로 결심해 2011년 봄, 대학원 입학과 결혼을 함께 진행했다. 이렇게 직장생활의 슬럼프를 벗어남과 동시에 학업을 시작할 수 있는 결혼이란 탈출구로 진입했다.

그런데 이 길은 출산과 육아라는 이정표를 지닌 또 다른 입구였던 것이다.

어린 시절 나를 떠올려보면 아기를 특히 예뻐했다. 초등학생 때 한 지붕 아래 세 가족이 사는 공동주택에 살았다. 방과 후 집에 오면 가방을 후다닥 벗어던지고 뒷집에 있는 아기를 보러 갔다. 동네 아기들뿐 아니라 사촌동생도 집에 오면 먹이고 업고 놀았다. 워낙에 아기를 좋아하다 보니 자연스레 미래의 나의 아이에게는 우주의 모든 기운이 담긴 사랑을 주겠노라 다짐했다.

생각보다 힘들게 들어선 첫아이는 우리 부부와 양가 어른들에게 세상 귀하디귀한 존재였다. 임신 기간 내내 부지런히 뭐라도 주고 싶은 마음에 하루하루가 바빴다. 수포자인 나와 문과 같은 이과 출신의 남편을 보며 수포자의 유전자만큼은 물려주고 싶지 않았다. 대응책으로 김주하 아나운서의 태교 방법으로 유명하다는 수학 태교법을 한답시고 초등학생들 사고력 문제집을 머리를 쥐어 뜯어가며 풀었다. 논문 쓸 때 필요한 통계학 공부도 온라인 강의를 들으며 몇 달간 독학으로 완전학습을 했다. 게다가 피아노 연주, 영어 공부, 영어 일기 쓰기, 퀼트 바느질도 배웠다. 막달에는 탄생의 순간에 스트레스를 최소화하는 환경을 만들어 준다는 르바이예 분만 수업도 들었다.

육아서도 얼마나 많이 봤던지 각종 육아서에서 중점적으로 나오는 것은 잊어버리지 않기 위해 블로그에 정리해 두었다. 이렇게 출산 하루 전날까지 단 하루도 느슨해지지 않았다. 열 달의 시간 끝에 두드리는 아이의 신호는 꼬박 2박 3일 이어졌고 수차례 정신을 잃고 차리기를 반복하며 첫 아이를 맞이했다.

지구상에 존재하는 모든 중력을 끌어모으며 수박 한 덩이를 빼낸 홀가분함과 반가움은 찰나였고 이내 당황스러움에 빠졌다. 아이는 코밑 인중에 정확히 역삼각형 빨간 세모 모양의 모반이 있었고 그걸 보는 순간 머리끝이 쭈뼛 서며 당혹함이 나를 감싸기 시작했다. 아이와의 외출에 늘 따라다니는 질문이 생겼다.

"아기 코밑에 뭐예요?"

"코를 많이 풀어서 코피가 났나요?"

시간이 지나면 없어질 거란 의사 선생님의 말씀에 희망을 걸었다. 하지만 희망은 실현되지 않았다.

첫아이가 돌 이 될 즈음 재취업을 위해 토익시험을 치고 매일 운동하던 중 예상치 못하게 둘째가 찾아왔다. 하늘을 봐야 별을 딴다고 했는데 따다 만 별에도 아이가 들어섰던가. 임신 테스트기 두 줄 확인하던 날 식탁 옆에 주저앉아 한 시간을 서글프게 울었다. 1년 반이나 기다려도 안 돼 용하다는 한의원까지 찾아가서 가지게 된 첫 아이와 달리 둘째는 계획에 없이 생겼다. 커리어를 지속하기 위해 아이의 낮잠 시간을 활용하고 밤잠 줄여가며 준비한 과정들은 그 자리에서 통 채 증발해버렸다.

목표한 체중에 도달하겠다고 6개월 동안 저녁 굶고 운동하며 다이어트에 성공한 지 이틀 만에 둘째를 맞이했다. 첫째와 달리 둘째는 여느 엄마들처럼 태교는 없었다. 첫아이도 아직 사람 구실을 못 할 때라 유별난 태교를 할 정신이 없었다. 두통 입덧으로 앉아있기 조차 힘들어 큰아이는 양가 어머님, 친언니 다 같이 키웠다. 첫 애 때라면 어떻게든 절제했을 햄버거를 원 없이 먹었고 젤리를 상자째로 쟁여놓고 겨우 이빨 4개난 17개월짜리 아들과 주방에 퍼질러 앉아서 몇 봉지씩 까먹는 태교를 했다.

그렇게 출산한 둘째는 태어남과 동시에 형처럼 예민함을 장착했고 유문협착증까지 있어 먹는 족족 분수 토를 했다.

"100일 때까지 안고 키우세요."

"시간이 지나가면 괜찮아집니다."

병원에서는 이론적인 말들만 했다. 내가 할 수 있는 최선은 소파에서 둘째와 한 몸이 되어 지내는 것뿐이었다.

출구로 택한 결혼은 육아라는 표지판을 가진 또 다른 터널 입구였으며 깊이 들어갈수록 안개만 자욱해질 뿐이었다.

part 3

이 길은 안전한가요

생각의 언박싱

이영은

'창의적인 아이로 자라길 원하는가? 질문하는 아이로 키워라!'

네! 그럼요. 창의적인 아이로 자라길 바라죠. 창의성을 겸비하며 질문하는 아이로 키울 수 있도록 아이에게 질문을 하겠습니다! 암요. 질문이 중요하고 말고요.

질문의 중요성이 교육의 필수조건이 된 건 언제부터였을까? 한미 정상회담 오바마 기자 회견장에서 한국기자 어느 누구도 나서지 못하고 침묵으로 일관하다 결국엔 다른 나라 기자에게 기회를 놓쳐버린 그때부터였을까? 4차 산업혁명의 발맞춰 나달이 변화무쌍해지는 교육 트렌드 속에서 우리아이들이 잘 살아남길 바라는 부모의 바람이 시작될 때부터 였을까?

어쨌거나 영문도 모른 채 나의 질문 세례를 온전히 받은 아이들은 수줍게 피어나던 나의 기대를 가볍게 즈려 밟아주었다. 처음 한두 번은 그러다 말겠지 하던 아이들도 쌓이는 질문에 피하는 요령만 늘어만 갔다. 자연스럽게 말을 돌리는가 하면 갑자기 상황을 바꾸며 못 들은 척하기도 했다.

"'네 또는 아니요'라고 나오는 대답이 아닌 열린 질문을 해야 합니다. 이미 엄마의 마음에 있는 정답을 요구하는 질문을 피하세요!"

아하! 그것이 문제였구나. 네. 분부대로 따르겠습니다. 방법의 문제일 수 있으니 여러 방법을 간구해가며 쉽게 포기하는 엄마가 되지 않으리라 다짐했다.

아침에 반쯤 감긴 눈을 비비며 학교 가기 싫다는 아이에게 물었다.

"학교는 왜 가야 하는 걸까?"

"……."

"왜 학교가 가기 싫은지 얘기해 줄 수 있겠니?"

"그냥 가기 싫어요."

"그래도 학교에 가야 하는 이유는 뭘까?"

"…… 몰라요. 왜 학교에 가야 하는데요?"

잠에 취해 순했던 눈이 날카로운 눈빛으로 돌변해 나에게 되묻는다. 되돌아온 질문에 생각의 회로와 말문이 동시에 턱 막힌다. 아이의 말대꾸에 기분이 상할 뻔했지만 창의적인 아이로 키우기 위해 모른 척하기로 한다. 나도 대답 못할 질문들을 창의적 인재로 키우겠다는 일념 하나로 무작정 밀어붙이고 있었다. 어느새 지쳐버린 나는 도대체 무엇이 문제인지 차근차근 생각해 보기로 했다. 질문의 화살표를 나에게로 돌려보았다.

머리를 쥐어짜 내 아이들에게 했던 질문에 과연 나는 대답할 수 있을까? 내가 대답할 수 있는 질문들에는 어떤 것이 있을까? 하루도 빠짐없이 나에게 하는 질문들이 생각났다.

'오늘 뭐 먹지?'

'나갈 때 뭐 입지?'

'애들 오면 뭐 하지?'

질문이라기보단 해결이 되면 사라져버리는 의미 없이 반복되는 일상일 뿐이었다. 내 생각들은 꽁꽁 묶어 놓은 채 아이들의 마음과 생각의 크기를 키우는 데만 집중했다. 정작 엄마는 생각을 멈춘 채로 아이의 성장에만 관심을 기울였다. 아이가 질문을 통해 지식을 지혜로 익혀 깊고 넓게 성장하길 바랐다. 내 생각의 성장은 안중에 없었다.

일방통행의 비겁함을 깨닫고 아이에게 던진 질문의 화살 방향을 바꿔 내 생각부터 펼쳐 보이기로 했다. 처음엔 나 역시도 아이들처럼 피하고 싶은 마음이 컸다. 생각이 자라면서 생기는 내적 갈등의 성장통도 맛보았다. 스스로 질문에 답하며 사색하고 책을 찾아보기도 했다.

서서히 나와의 대화에 적응이 되면서 어느새 즐기는 나를 발견했다. 스스로를 위로해 주기도 꾸짖기도 했다. 거울을 보고 말을 건네기도 하며 나를 위한 일들을 하나씩 늘려가기도 했다. 그림책을 보며 질문을 만들어 던져보기도 하고 5년 뒤, 10년 뒤 나의 모습을 구체적으로 생각해 보기도 했다. 나와의 질문과 대화가 깊어질수록 내면의 아이가 점점 어른으로 성장하는 듯했다.

스스로도 부족했던 상황에서 아이들을 닦달하고 몰아붙인 날들이 후회되었다. 아이를 낳았다고 어른이 되는 게 아니라, 아이를 키우면서 부모가 되고 어른으로 거듭난다. 부모가 아이를 기르는 것보다 아이가 부모를 더 큰 어른으로 만들어주는 것은 아닐까라는 생각이 든다. 비법만 찾으며 남들 따라가기 바쁜 부모가 아닌 내 인생을 정성껏 살아내는 삶의 태도와 진심어린 행동을 담아 아이들과 마주하고 싶다. 먼저 내 생각과 노력이 떳떳

한 부모가 되고 싶다.

그 시작은 내 생각의 언박싱부터가 아닐까.

프로사부작러

친구들 사이에 나는 '사부작러'라 불린다. 혼자 사부작사부작 자꾸 뭘 배우러 다닌다고 붙여진 수식어다. "요즘은 뭐 배우고 있는데?"라는 질문을 항상 받는다.

대학시절에는 과학생회, 교내방송국의 주요 직책을 도맡아 하면서 시간을 쪼개 여러 가지 댄스를 배우러 다녔다. 직장 생활을 하면서는 가야금, 서예, 손글씨 POP, 리본아트, 꽃꽂이, 제과 제빵 등 특정 분야에 치우치지 않고 관심이 가는 것들을 배웠다.

어떤 것은 재미로 끝나기도 했고 때론 전문가 과정까지 마치며 배움의 활동을 끊임없이 이어왔다. 뜻이 맞아 함께 배울 친구가 없어도 스스로 알아보고 혼자 다녔다. 시간은 많고 친구는 없어서가 아니다. 퇴근시간이 일정하지 않은 직업이었기에, 취향을 맞추고 시간을 조율하는 것 또한 쉬운일이 아니었고, 배움의 장에서 새로운 인연들을 사귀는 즐거움도 있었다.

첫째를 임신 중이었을 때에도 배움은 이어졌다. 임신 중반, 다니던 회사를 퇴사하고 태교를 핑계 삼아 목공예, 톨페인팅, 홈패션 등을 배우고 임산부교실도 빠짐없이 수강했다. 이렇게 오랜 시간 지속했던 학습활동은 출산과 동시에 멈추었다. 아이를 낳아 보살피는 것도 많은 공부가 필요했고, 아이와 마주하는 모든 순간이 배움의 연속이었지만 여기서 말하는 학습은 오롯이 나만을 위한 배움을 말한다.

그것을 마음속 깊은 곳에 넣어두고 육아와 살림에 전념했다. 첫째아이의 성격은 순했지만, 행동은 활동적이어서 한시도 눈을 뗄 수 없었고 어린이집을 다니기 전까지는 언제나 함께 있었다. 24시간을 아이와 함께 해야 한다고 생각하는 나의 고집 때문에 몸이 아파 병원에 갈 때면 친정엄마는 아이를 돌봐주기 위해 함께 진료실 앞을 지켜야 했다. 시아버지를 모시고 살고 있지만 한 번도 도움을 요청하지 않았다. 아이를 맡기고 내 시간을 가진다는 것이 죄를 짓는 일도 아닌데 아이에게 미안하고 용납되지 않아 그렇게 하지 못했다. 육아로 인한 경력단절과 우울증에 더해 배움의 욕구를 채우지 못하는 스트레스까지 밀려왔다.

그즈음 남편에게 자주 하던 말이 있다.

"어린이집 다니기 시작하면 이거 배우러 가야지.", "어린이집 보내면 자격증 따야지."

아이가 어린이집만 가면 그동안 쌓여온 배움의 욕망이 다 해소될 것이라는 희망을 품고 지냈다. 아이는 3살 겨울에 어린이집에 입소했다. 동시에 출산으로 마무리하지 못했던 것들을 다시 배우기 시작했고, 그동안 생각했던 학원을 알아보고 시간표를 짜며 즐거운 꿈을 꾸고 있을 때 둘째가 생긴 것을 알았다. 어렵게 생긴 첫째아이였기에 둘째가 갑작스럽게 와 주리라고는 생각지도 못했다.

정말 감사한 일이지만 나의 계획이 뒤로 미뤄짐에 아쉬움이 남았다. 하지만 나는 뒤돌아볼 여유도 없이 다시 육아의 굴레 속으로 들어갔다. 그렇게 어제가 오늘이고 오늘이 내일인 생활에 지쳐갈 때쯤 '둘째가 조금만 더 크면 여유가 생긴다.'라는 육아 선배들의 이야기를 들으며 또다시 희망을 가졌다.

둘째아이의 어린이집 입소를 앞두고 내 나이도 서른 중반을 넘어섰다. 이제는 아이와 나에게 실질적인 도움이 되는 것을 배워야겠다고 마음을 먹고 알아보다 유대인의 교육관에 대한 책을 통해 하브루타 교육이라는 것을 알게 되었다. 기관에서 전문적으로 배워볼 수 있는 기회를 찾던 중 큰아이 친구 엄마로부터 하브루타 공부를 한다는 이야기를 듣게 되었다. 나보다 언니에 만난 지 얼마 되지 않아 어색한 사이였으나 궁금함을 참지 못한 나는 조언을 구했고, 그녀는 기꺼이 나를 이끌어 주었다. 그 덕에 나는 하브루타, 슬로우리딩 등 유대인 교육법을 전문적으로 배울 수 있었고 지금 함께 공부하는 선생님들을 만날 수 있었다.

인생 중반의 사부작이 다시 시작되었다. 물론 이것저것 닥치던 대로 배우던 시절과는 확연히 다르다. 내실을 다지며 전문성을 높일 수 있는 배움을 이어가고 있다. 다시 들리기 시작한 "요즘은 뭐 공부하고 있는데?"라는 인사가 이렇게 반가울 수가 없다. 앞으로도 배움을 갈망할 것이고 채워갈 것이다. 그리고 이제는 그것을 나누며 인생의 후반부까지 누구나 인정하는 프로사부작러로 살고 싶다.

7인의 어벤져스, 하브루타로 연을 맺다

김명숙

코로나19 팬데믹으로 인해 몸도 마음도 어렵지만, 봄은 어김없이 약속을 지켜낸다. 곳곳에 보이는 벚꽃은 아침저녁 그 짧은 간극에도 모습을 달리 하며 화사함을 뽐낸다. 충분히 감탄할 만한 경이로움이다.

둘째 녀석 처음 유치원 보냈던 봄날, 나는 아이가 유치원에 있을 오전 시간 동안, 절대! 기필코! 아무것도 하지 않고, 아무 생각 없이 티브이 채널 돌려가며 뒹굴뒹굴 할 것을 맹세했다. 육아라는 것이 엄마라는 이름에 당연한 역할이었지만 그만큼 힘에 부치던 시간이었다.

2019년 봄, 뒹굴뒹굴 티브이 채널 돌려가며 며칠을 보냈는지 기억은 나지 않는다. 그러기나 했는지도 기억이 없다. 어느새 나는 집에서 제법 떨어진 시립도서관 하브루타 수업의 수강생이 되어 있었다. 듣다 보니 기왕이면 시간 내서 배우는 것 자격증 과정이면 더 낫지 않을까 싶어 문화센터의 자격증 과정으로 편입하게 되었다.

수업을 듣는 수강생들은 대다수가 어린 자녀를 키우는 엄마들이었다.

조금 더 나은 엄마가 되고자 하브루타를 공부하지 않았나 싶다. 나의 목적은 그랬으니까. 12차시의 수업은 빠르게 지나갔다. 강좌가 끝나갈 때쯤 '하브루타를 실생활에서 어떻게 적용할까?' 하는 생각이 들었고, 모두의 생각이 또한 그러한 듯 했다. 한 분의 용기 있는 제안으로 우리는 자율적 스터디를 시작했다.

하브루타를 실생활에 적용하는 일은 쉬운 듯 쉽지 않았다. 이제 막 이론을 끝낸 우리는 의지는 불타올랐지만 적용에 있어서는 겉도는 것 같았다. 그래서 필요에 맞게 하브루타 전문 코스를 밟는 사람도 생겨났고, 하브루타 관련 서적도 함께 읽으며 매주 모여 논의와 적용을 직접 경험해 가며 하브루타에 빠져들기 시작했다.

쌓여가는 시간들 속에서 우리만의 하브루타를 만들어갔다. 아이에게 유용한 학습법으로 적용하기 전에 우리는 서로에게 좋은 하브루타 짝꿍으로 제 역할들을 해나갔다. 우리는 모두 달랐다. 나이, 성격, 성향, 가정환경까지 지금까지 살아온 그 어떤 부분들도 닮은 곳이 없는 사람들이었다. 같은 점이 있다면 모두 두 아이의 엄마라는 것, 그리고 하브루타를 배우고 하브루타를 생활 속에서 실천하고자 하는 사람들이라는 것이었다.

정말이지 하브루타가 아니었다면 우리가 어떻게 만나고 가까워질 수 있었을까? 개성 강한 우리들이 말이다. 우리는 모두 유하고 선한 사람들이었지만 각자의 눈빛만은 개성으로 반짝반짝 빛을 내는 사람들이었다.

우리의 하브루타가 학문적으로 이론적으로 정석이 아니었을지라도 배움의 깊이는 풍성했다. 하브루타 전문코스를 공부하기 시작한 선생님들은 함께 과정을 밟지 못하는 사람을 위해 아낌없이 배운 내용들을 나누어주었다. 각자 현재 읽고 있는 책들 중 도움이 된다 싶으면 가릴 것 없이 추천해 주고 공유해 주었다. 모두 다른 사람들이었기에 관심사가 달랐고, 하여 고르고 읽는 책들도 도서관 서가의 십진법 분류에 속하는 총류로부터 역사에 이르기까지 다양했다. 그 책들 중 다수의 관심이 통하는 책이면 함께 탐구하고 생각을 나누며 혼자서 읽었을 때는 보지 못했던 부분들을 발견하며 사고의 확장을 경험해갔다. 때로는 주중에 보았던 티브이 프로그램으로, 때로는 아이와 함께 읽었던 그림책 중 함께 나누고 싶었던 책으로.

행복했다. 일찍이 경험하지 못했던 지적 탐구욕이 샘솟듯 솟아올랐다. '아~ 새로운 걸 알아가는 건 이런 느낌이구나!' 공부란 이런 것이어야 하는데!!! 서열을 매기기 위한 교과서 학습과 입시시험으로 내몰린 우리 아이들이 떠올랐다. 하브루타 학습법을 우리만 아는 보물로 남겨놓기엔 너무 아까웠다. 우리가 배우고 경험한 하브루타를 전해주기 위해 작은 움직임을 시작했다. 아이들과 함께 이 앎의 즐거움을 나눌 수 있도록 기회를 만들어나갔다.

'하브루타'는 아람어 '하베르'에서 유래한 단어다. 하베르는 짝이라는 뜻이다.

이름한번 근사하다. 아이 양육을 위해 시작한 배움이 좋은 짝들을 만날 수 있는 오늘까지 오게 됐다. '빨리 가려면 혼자 가고, 멀리 가려면 친구와 함께 가라'라는 속담이 있다. 배움에서 하브루타란 속도 면에서 조금 느릴 수는 있지만 친구와 함께 풍성한 여정을 즐길 수 있는 최고의 길인 것은 확실하다.

슬기롭지 못한 코로나 블루

이혜진

아침부터 분주했다. 아이들이 일어나면 기지개를 켜는 것부터 시작해 아침을 준비한다. 식사 후에는 오전 산책을 하고, 돌아오면 몸을 씻긴다. 잠깐 앉아 쉴 틈도 없이 점심 준비며 식사 후 정리도 모두 내 몫이다. 오후 간식을 준비하고 아이들이 TV를 보는 동안 쌓인 집안일을 한다. 그 후 미술, 과학 실험, 수학 놀이, 체육 활동, 요리 중 하나를 선택해 같이 논다. 이내 어두 컴컴해지는 저녁 시간. 아이들을 빨리 재우고 싶다는 생각이 저절로 든다. 누워 있는 동안 나도 모르게 잠이 든다. 작년 코로나로 인해 아이들이 유치원에 가지 않을 때의 생활이다. 강사를 시작하며 활기차던 시간은 멈췄다.

이런 생활이 한 달째로 접어들었을 때, 아이들이 자는 밤 시간 중 일부를 내 시간으로 확보했다. 그동안 밀린 일을 처리하느라 취침 시간은 점차 늦어졌다. 지금 자도 5시간을 채 못 자고 일어나야 한다는 속상함 때문인지, 못 끝낸 일이 머릿속에 맴돌아서인지 잠이 드는 데 시간이 오래 걸렸다. 점차 짜증이 많아졌다. 올빼미형보다는 아침형이 맞는 내가 새벽에 드러누우니 몸도 마음도 힘겨웠다. 남편에게 도움을 받고 싶었다.

"나 병원에 다녀올까 봐."

"무슨 병원?"

"정신과. 애들한테 이렇게 짜증 내는 것도 이유가 있겠지. 약이라도 좀 받아올까 봐."

"다녀와 봐."

그는 나의 말에 더 궁금해하지 않았다. 아이들을 대하는 태도와 말투를 여러 번 지적했었다. 잠깐의 고민도 하지 않고 돌아온 답변에 '남편'이 '남의 편'으로 보였다. 힘든 마음이 해소된 지금 생각해 보면 남편이 나의 상황을 공감하기 어렵겠다고 생각한다. 공감이 결여된 대화는 말다툼으로 이어지기 십상이다.

감정의 원인은 알고 있었다. 바로 혼자만의 시간이 없다는 것. 아이들이 유치원을 다니면 하원 전까지 그 시간이 있었다. 하지만 코로나로 인해 24시간을 아이들과 함께 보내야 했다. 일찍 끝날 것이라 예상하고 그동안 못했던 놀이를 하며 아이들과 시간을 보내고 있었는데 상황은 좋아지지 않았다. 엄마라는 책임감 때문에 아이들을 방치하면서까지 나의 행복을 찾고 싶지 않았다. 집안일도 큰 스트레스로 다가왔다. 요리하는 대신 반찬을 사고, 설거지는 식기세척기에게 맡기고 싶었다. 대가를 지불하고서라도 내 시간을 만들고 싶었다. 하지만 고정적인 경제 활동을 하지 않는 상황에서 노는 것처럼 보이는 나를 향해 가까운 이들의 지적을 듣기엔 마음의 여유가 없었다.

힘든 시간의 연속이었지만 딱히 마음을 기댈 곳도, 스트레스를 해소하러 갈 곳도 없었다. 혼자만의 시간은 더더욱 없었다. 양가 부모님께 부탁을 드릴 수도 있지만 이제까지 고생하신 부모님들을 생각하면 나 편하기 위해 도움을 요청하기도 죄송한 마음이었다. 그렇게 내 몸도 마음도 더더욱 지쳐갔다.

'나는 왜 이렇게 어려움을 극복하지 못하나.'

'어렸을 때 힘든 일을 많이 겪어봐야 했는데 그렇지 못해서 지금 이 정도 힘든 일도 못 견디는 걸까?'

'인생은 고통의 양이 정해져 있다고 하는데 다 같이 힘든 이 고통도 감내하지 못한다면 나는 무엇을 할 수 있을까.'

잠시 여유가 있을 때면 나를 탓하며 보내는 시간이 많았다.

우울한 감정은 행복하고 즐거운 감정보다 이야기를 꺼내기가 쉽지 않다. 취업, 승진, 사랑에 대한 상반되는 사건을 떠올려보면 바로 이야기를 하는 것과 아닌 것이 있다. 사랑을 시작했을 때 행복한 마음으로 주위에 알려 축하를 받는 반면, 이별을 했을 때는 즉시 털어놓기가 쉽지 않다. 여기에 대한 대답으로 '내 마음이 차야 한다'는 결론을 내렸다. 괜찮지 않은 마음이 괜찮은 상태로 어느 정도 회복되어야 나를 불편하게 했던 일에 대한 이야기를 할 수 있는 것이다. 나의 경우 아이들과 어떤 시간을 보낼지 궁리하면서 정작 내 시간을, 내 마음을 돌보지는 못했다.

그렇다면 이전에 할 수 있는 일은 무엇일까? 우선 내 시간부터 확보해야 한다. 하루 30분 또는 일주일 중 하루는 휴식 시간을 가지는 것이다. 가족과 시간을 같이 보내기를 선호한다면 그것도 괜찮다. 중요한 것은 그 시간 동안 부정적인 감정을 즐거운 마음으로 채우면 되는 것이다.

그렇게 매일 또는 정기적으로 내 마음이 충전되어 행복했으면 한다.

엄마는 갈대랍니다

이영화

아들이 4살 되던 무렵 같이 놀던 아들 친구들이 하나둘씩 학습을 하기 시작했다. 미술학원은 기본이고 체육, 영어, 한글, 수학 등등 일주일에 2, 3번은 학원을 다니기 시작했다. 어린 나이에 사교육을 시킬 마음은 없었지만 같이 놀던 아이들이 다니기 시작하니 우리 애도 보내야 되는 건 아닌지 마음이 갈팡질팡 흔들리기 시작했다.

지금 우리 아이도 시키지 않으면 우리 아이만 뒤떨어지는 건 아닌지 불안했고 학원비도 만만치 않은 현실에 비참해지기까지 했다. 친구들처럼 비싼 전문학원은 못 보내더라도 문화센터의 좋은 강좌를 찾아 보내자고 남편에게 얘기했더니 딱 잘라 거절했다. 상상하지도 못한 남편의 반응에 서러움만 복받쳤다.

그때는 둘 다 처음 하는 육아에 많이 지쳐있어 서로를 배려하고 공감해줄 마음의 여유가 없었다. 그저 자신의 의견을 직설적으로 내뱉기만 할 뿐이었다.

더 이상 얘기하다간 싸움밖에 안되겠다 싶어 일단 일보 후퇴하였다. 서로의 감정이 어느 정도 가라앉은 며칠 뒤 우리 부부는 사교육에 대한 대화를 나누었다. 서로의 의견을 조율한 후 내린 결론은 첫째, 부모가 원하는 것이 아니라 아이가 원하는 것을 시킨다. 둘째, 아이가 간절히 원할 때 시킨다. 셋째, 시작을 하면 1년 이상은 유지하거나 목표점을 만들고 시작한다.

아이에게 선택의 자유를 주고 그에 대한 책임감과 끝까지 하는 끈기를 가르쳐주기 위한 결정이었다.

아이가 초등학생이 되던 해 두 번째 위기가 찾아왔다. 학교에 간다고 생각하니 마음이 초조해졌다. 당장 보낼 것도 아니면서 여기저기 학원도 알아보고 주위 친구들은 어떻게 하고 있는지 물어보았다. 평소 학원을 보내면서 무리한 선행을 시키기보다 아이가 주도적 학습을 할 수 있도록 이끌어 주자고 얘기했었는데 다시 흔들리기 시작했다. 남편은 이런 나를 보며 부모는 아이가 공부를 왜 해야 되는지를 스스로 알 수 있도록 도와주는 역할을 하는 사람들일 뿐이다. 아이가 스스로 해야 되는 이유를 찾고 깨달아서 해야 되는 것이라고 얘기했다. 남편의 말에 나도 동의했다. 그러나 또다시 '국어, 수학은 물론 영어를 빨리 사교육에 맡기지 않아도 될까?'라는 불안감에 잠을 이루지 못할 정도로 고민스러웠다.

여태까지 굳은 심지를 가지고 중심을 잘 잡고 있던 나에게 아이의 입학은 또다시 갈팡질팡하는 갈대로 만들어 버렸다. 하지만 옆에서 중심을 잘 잡고 있는 남편이 있기에 이 위기를 잘 넘길 수 있었다. 아이들이 크면서 육아에 대해 서로 여유가 생긴 우리는 서로의 생각을 공유하고 조율할 줄 알게 되었다. 아이들이 성장한 만큼 우리도 부모로서 많은 성장을 하게 되었다.

우리는 아이의 학습 부분에 있어서 매일매일 정해진 만큼 아이가 스스로 할 수 있도록 유도하고 학습 분량은 꼭 아이와 같이 상의한다. 좀 더 늘려야 되는 경우엔 특히 더 아이의 의사를 중요시한다.

앞으로도 나에게 얼마나 많은 위기가 찾아올지 예상하지 못한다. 하지만 위기 때마다 남편과 아이들과 의논할 수 있고 흔들리는 날 잡아주는 남편과 아이들이 있으니 든든하다.

함께 질문하는 즐거움

최신애

아침 기도를 다녀오는 길, 먼데서부터 꽃 덤불이 눈부시다. 미명에도 스스로 빛나는 꽃이다. 누군가에게 보여주려 꽃이 핀다는 나 중심적 사고가 습관처럼 스쳤다. 꽃은 누군가의 시선과 상관없이 꽃일 뿐이다. 스스로 개화하고 만족하며 열매를 맺고 다음 생을 위하는 것이 꽃나무의 마음이다. 이 생각에 이르자 꽃나무의 생태와 다르게 살아온 내가 보이기 시작했다. 지금껏 누군가를 의식하는 삶이 아니었던가. 모두에게 좋은 사람으로 기억되길 바라며 아등바등하진 않았나. 정작 '나'의 있는 그대로를 수용하지 못하는 건 아닐까? 누군가의 기분, 상대의 생각, 어떤 이의 불편을 배려하는 것이 당연하지만, 매사 작은 것도 괜찮은 척 숨기며 처세 인양 당당하지 않았나? 나보다 타인을 의식하는 습관은 양말 속에 끼어있는 모래알처럼 서걱거렸다.

'희생'은 숭고한 가치임에 틀림없다. 공동체를 지속 가능하게 하는데 양보와 배려는 필수 불가결한 요소다. 그것을 알면서도 '왜, 나만?'이라고 속으로 자주 외쳤다. 어른이 되면서 희생이라는 낱말은 언제나 석연찮았다.

책이 귀하던 시절 아버지의 교육열로 다양한 책을 접했다. 앉으면 책을 붙들던 아이였고 전래동화와 위인전이 주는 교훈과 훈계를 아로 새기며 나를 반성하곤 했다. 훌륭함이 어떤 것인지, 과연 그것이 진정한 훌륭함인지 질문하지 않고 받아들였다.

훌륭한 인물들이 자신을 포기하는 모습을 정답처럼 수용하면서 질문하지 않던 습관은 지금 생각해도 의아하다. 꼬리에 꼬리를 물며 질문하는 지금의 나와 거리가 멀다. 하지만 착한 아이를 추구하면서도 속으로 석연찮은 의문은 싹트지 않았을까?

글을 쓰기 시작하면서 접었던 학을 펼치듯 질문을 하나하나 꺼냈다. 수동적으로 받아들인 교훈을 하나씩 뒤집어보았다. 심청이에게 씌운 효녀프레임을 걷어내었다. 헨젤과 그레텔의 가출을 응원했다. 미운아기오리가 백조가 아니었다면 어떨지 생각했다. 신데렐라의 유리 구두를 깨트리고 이어지는 이야기를 상상해보았다. 끊이지 않는 질문을 수업 중에 적용해 보니 생각보다 유쾌하면서 속이 후련해지곤 했다. 진작 '왜?'라고 물어볼 것을. 수용적 자세가 옳다고만 할 수 없다.

"여보, 요즘 왜 이렇게 꼬투리를 많이 잡아? 까다로운 사람 아니었잖아?" 남편이 제일 먼저 나의 변화를 알아차렸다. 당연하고 마땅하던 모든 것에 "왜?"라고 질문했다. 일상을 똑같이 살지만 밤만 되면 글을 쓰며 나와 논쟁했다. '~해야 한다'라는 당위에 갇혀 화내지 못했던 까칠한 나를 만나는 시간이었다. 위험한 외줄타기 같았다. 이런 불면의 밤을 반복할 때 피곤했지만 예전으로 돌아가고 싶지 않았다. 봇물이 터지면 다시 둑을 막기 어렵듯 말이다.

'좋은 게 좋다'는 저항을 뒤로하고 질문과 생각을 반복하다 늦게 잠을 청했다. 소돔에 떨어지는 불덩이를 피해 달아날 때, 두고 온 것들이 어른거려 돌아본 롯의 아내는 소금기둥이 되었다지. 나는 소금기둥이 되지 않기 위해 편하고 익숙한 과거를 돌아보지 않고 앞만 보고 달렸다. 나의 글쓰기는 고착된 생각을 뒤집는 마중물이요 유혹에 맞서는 방패였다.

글을 쓰기 시작했지만 마냥 술술 풀리지는 않았다. 자랑할 만한 글을 생산하지 못했지만 세상을 여러 각도로 보는 눈이 생기기 시작했다. 착함, 양보와 포기라는 낱말에 뾰족하던 가시가 부드러워졌다. 타인을 위한 삶에 눈을 뜨기 시작했다. 내 것을 지키고 부유해지는 삶보다 유익을 건네주는 삶을 그려보게 되었다.

혼자 몇 년을 질문하고 시를 쓰고 책을 읽으니 외로웠다. 혼자 사유하고 쓰기란 물속에 빠진 사람이 자기 머리를 끌어올리는 발버둥에 지나지 않았다. 다른 이들이 필요했다. 그러던 중 하브루타 과정에서 자신을 찾길 원하는 벗들을 만났다.

'나는 누구일까, 나는 무엇을 좋아하는가, 나는 무엇을 할 수 있는가, 나는 무엇을 하고 싶은가'라고 질문하는 사람들과의 만날 때면, 모처럼 가는 소풍처럼 들뜨곤 했다. 우리의 만남은 일상 주부의 수다모임과 무척 상이했다. 평균이라는 굴레에 머물지 않으려는 그녀들의 분투가 나의 것과 닮아 있었다. 서로 존중하는 모임은 은신처와 같이 안전했고 어느덧 함께 책을 쓰는 데 이르렀다. 각양 색이 다른, 꽃 같은 벗들과 글까지 쓰니 '이 또한 아름답지 아니한가'라고 말하고 싶다.

꽃은 보는 이가 있든 없든 스스로 꽃임을 드러낸다. 누군가의 평가로 꽃이 되는 것이 아니니 꽃은 저 혼자 충만한 존재다. 유명세를 얻든 이름 없는 생을 살든 고유한 '나'의 가치에는 변함없는 것이 그와 같을 것이다. 새벽 미명에 만개한 꽃은 소란하지 않게 방싯거리고 있다. 누가 보지 않아도 스스로 대견한 얼굴이다.

우리는 왜 타인에게 좋은 평가를 받기 위해 애쓰며 살아갈까? 육아의 달인, 주부 9단이라는 소리를 듣고 싶고 사회적 지위와 명성을 얻고 존경받는 사람이 되고 싶을까? 성공이 그런 것이라는 확신이 있다면 질문해야 한다. 남에게 묻기 전에 스스로에게 물어볼 때 나다움을 찾는 지름길을 찾을 것이다. 그리고 이런 질문을 함께 할 친구들이 있다면 어떨까? "그 또한 기적이지 아니할까!"

보이지 않는 터널

박지연

우리 집엔 개성이 뚜렷한 여자 하나, 남자 셋이 산다. 태어난 계절은 봄, 여름, 가을, 겨울 계절별로 있으며 혈액형도 O형 A형, B형, AB형 모두 다르다. 피를 나눠준다면 O형인 나만 부지런히 나눠줘야 한다.

어릴 적 아기는 좋아했지만 엄마가 되기는 싫었다. 그 이유는 단 한가지. 가족 중 가장 일찍 일어나 아침을 준비해야 하는 것 때문이었다. 늦게 주무시면서 일찍 일어나시는 엄마를 보며 대체 잠은 언제 주무시는지 궁금했다. 어떻게 포근함으로 완전무장한 이불을 거세게 뿌리치고 나와 아침을 준비하고 일을 하시는지 철인인가 싶을 때도 있었다.

20여 년 후 그 바통을 이어받아 엄마의 기상 시간보다 더 이른 새벽 5시에, 둘째의 울음소리로 하루를 시작했다. 엄마가 되는 순간 모든 것이 예상과는 다르게 흘러갔다. 한 번도 타보지 못한 롤러코스터를 타면 이런 느낌일까, 하루하루가 아슬아슬 익사이팅 했다.

엄마가 되긴 했지만 어린 두 아이를 대체 어떻게 키워야 할지 막막했다. 하루살이 인생처럼 하루가 무사히 지나가기만을 바랐다.

92

겨우 몇 단어 말할 줄 알던 20개월 첫째는 동생이 생기고 나서 스트레스를 받기 시작했다. 어린이집에서 벽에 자꾸 머리를 박고 불안한 모습을 보이니 또래들이 그 행동을 따라 하는 어처구니없는 상황이 벌어진 것이다. 어린이집에서 돌아오길 거부하는 아이를 겨우겨우 달래서 엘리베이터를 태웠지만 내리려 하지 않으려 버티다 아이 혼자 갇힌 적이 여러 번이다. 아직 형이 될 준비가 되지 않은 첫째와 온전히 집중해주지 못해 미안한 마음이 가득한 둘째를 보며 눈물 흘리는 날이 늘어갔다.

잠든 모습을 보며 반성모드의 엄마가 되었다가도 아침 기상과 함께 그 마음은 신기루처럼 사라졌다. 발바닥에 모터가 달린 것처럼 잠시도 가만히 있지 않는 아이들을 쫓아다닐 땐 혹여나 눈 밖으로 벗어나 다치지는 않을까 온 신경을 집중했다. 두 아이는 기나 했더니 바로 걸었고, 걷나 했더니 뛰었다. 직진 본능이 뛰어났다. 발이 땅에 닿기가 무서웠다. 차 문이 열려 발이 땅에 닿으면 엄마도 아빠도 눈에 보이지 않았다. 일단 직진했다.

두 아이 모두 그렇게 자랐다. 좋게 말하면 몸으로 표현하는 걸 좋아 했고 역으로 말하면 유별나다 했다. '뛰지 마라'는 말은 혼자 허공에 쏘는 외침일 뿐이라 24층에서 필로티 층으로 이사를 했다. 그렇지 않았다면 치명적인 층간 소음 유발자로 수십 또는 수백 뉴스의 기삿거리가 되었을 것이다.

첫째가 세 살이던 어느 토요일 오전, 아빠가 아이를 데리고 문화센터 수업을 위해 나섰다. 아이를 먼저 카시트에 앉히고 문을 닫는 동시에 문 잠금 버튼을 눌러버렸다. 아이는 답답하고 무서움에 소리 지르고 울고 불며 창문을 두드리고 난리가 났다.

차 열쇠는 차 안에 있는 상황이고 여분 열쇠도 없었다. 서비스센터에선 열어 줄 수 없는 차량이라는 답변에 검색되는 열쇠 집은 모두 전화를 했다. 일 분 일초라도 빨리 아이를 꺼내야 한다는 생각에 온몸은 땀으로 젖었고 우리만큼이나 놀라 잽싸게 달려오신 아저씨 덕분에 아이는 30분 만에 나올 수 있었다. 혼자 얼마나 무서웠을까 혹여 자는 밤에 경기를 하지 않을까 한숨과 걱정 가득한 밤을 보냈다.

첫째가 네 살 때 어린이집 친구가 놀러 와 안방에서 몸으로 뒹굴며 놀았다. 다친다고 여러 차례 주의를 주어도 멈추지 않더니 잠시 한눈판 사이 불투명 유리문 쪽으로 넘어지며 문 두 짝이 아작 났다. 산산조각이 나서 이리저리 뛴 유리에 박히지 않은 게 어디냐 했다. 나의 아이가 다치는 것보다 손님으로 놀러 온 아이가 다치지 않음에 더 큰 안도의 한숨을 쉬었다.

첫째가 다섯 살 때 집에서 달리기를 했다. 다섯 살 아들 이겨보겠다고 어금니 깨물고 뛰다가 오른쪽 새끼발가락 골절로 수술을 했다. 보험 담당자 말로는 아들 키우는 엄마들에게 흔히 일어나는 일이고 아들 셋 키우는 담당자의 아내 분은 진즉에 수술한 적이 있다고 했다. 그렇게 한 달을 목발을 짚고 다녔는데 그 목발마저 큰아이의 놀잇감이 되어 빼앗기고 말았다.

갓 걸음마 뗀 둘째가 힘 조절이 되지 않아 형을 안는다는 게 밀어 트려 거실 장 모서리에 정수리를 박아 일자로 찢어졌다. 급하게 응급실로 가서 스테이플러로 꿰맸다. 두 아이는 입술, 눈썹 위 사이좋게 한 번씩 다 찢어졌다. 집 근처 대학병원 응급실 소아병동 의사 선생님과 정이 들 정도였다.

어느 날은 볼풀공을 변기에 다 쑤셔 넣었다. 그리고 물을 내리는 바람에 공이 다 막혀 멀쩡한 변기를 뜯어내고 교체해야 했다. 그뿐만 아니다. 우리 집은 안방이며 화장실이며 문고리가 멀쩡한 게 없다. 하도 세게 잡아 당기고 매달려서 다 떨어져 나가거나 고장이 났다. 우리는 굳이 고치려 하지 않는다. 고쳐봤자 데자뷔 현상이 될 것을 알기 때문에.

아이 둘을 키우는 동안 상상을 뛰어넘는 사건 사고들이 함께 한다. 이글을 쓰는 지금 아홉 살 첫째아들은 침대에서 뛰다 화장대 모서리에 박아 오뚝하게 잘 생긴 코뼈를 다쳐 시뻘겋고 검은 멍이 든 상태고 둘째는 형과 싸우다 밀려 아파트 입구 대리석 기둥 모서리에 부딪쳐 왼쪽 귀가 찢어져 당나귀 귀처럼 부어있는 상태이다. 6 · 25 전쟁은 전쟁도 아니라는 말은 우리 집에 3시간만 머물면 쉽게 공감할 수 있다.

개인 사업을 하는 남편은 늘 바빴고 나는 두 아이의 육아로 피폐해져 갔다. 나를 위한 삶은 어디서도 찾아볼 수 없었고 아이들이 사는 집에 얹혀사는 듯했다. 예쁘고 사랑스러운 아이들이지만 내가 가지고 있는 그릇에 담기는 역부족이었다. 출근해서 근무 전 마시던 커피 한잔이 미치게 그리웠고 탈출하고 싶었다. 하루 중 단 몇 시간만이라도 숨을 쉴 수 있는 시공간이 필요했다.

막연히 뛰쳐나가는 건 무책임하고 우울증으로 무장된 엄마로 비칠까 방법을 찾기 시작했다. 일을 해야 살 수 있다는 엄마와 친구들의 조언에 하이에나처럼 뒤져가며 직장을 구했다. 다시 일하며 나에게 온전히 집중하다 보니 스트레스가 줄었고 떨어져 있었던 시간만큼 아이들에게 최선을 다했다. 하지만 아이들이 번갈아 가며 아픈 것을 보며 내적갈등이 몰아쳤다. 어머님도 남편도 나의 빈자리를 채우느라 버거워하고 있었다. 아이들이 좀더 클 때까지 기다렸다 일하기를 바라는 현실에 백기를 들며 10개월 만에 다시 출구가 보이지 않는 터널로 진입했다.

2부

오늘이라는 이름

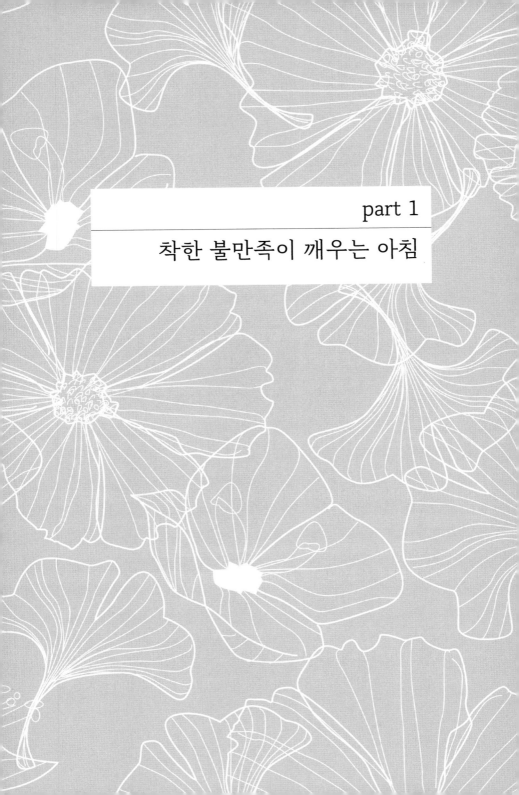

part 1

착한 불만족이 깨우는 아침

반성

성연경

2019년 가을, 경주에서 열린 영스타 벨리댄스 챔피언십 대회를 잊을 수가 없다. 포크롤릭 유치부 개인전에 출전한 너는 여느 때처럼 대기실 입구 출발선에서 음악에 몸을 맡기며 무대로 나갔지. 정확히 12초 만에 '쿵' 하는 소리와 함께 무대 위에 넘어졌다.

그 소리가 얼마나 컸던지 음악소리에 묻히지 않았고, 너를 걱정하는 애기로 관객석이 웅성거렸지. 너는 벌떡 일어나 숨을 고르더니 흐르는 음악에 맞춰 춤을 추기 시작했고, 무대를 끝까지 마치고 내려왔다.

나를 보더니 떨어뜨리지 못한 눈물을 머금은 채 이를 꽉 물고 한 첫마디가

"엄마, 나 일등 못 할 거 같아."

억장이 무너졌다. 괜찮아, 대회에서 일등 하는 것 중요하지 않아, 너는 언제나 엄마에게 일등이고, 포기하지 않은 네가 너무 대단하다는 둥 위안이 되지 않는 위로의 말들을 읊었지만 나는 주저앉고 싶었다. 잠시나마 네가 중도에 포기하지 않고 끝까지 마무리하고 있음을 대견하게 생각한 내

가 미치도록 싫었다.

지난 시간들이 주마등처럼 지나갔다. 대회에서 1등 했을 때 당연한 결과라며 너에게 주었던 부담들, 우승을 예상한 대회에서 결과가 좋지 못했을 때 표정관리는커녕 겸손하지 못했던 나의 모습들.

너에게 보이지 말았어야 할 나의 과오가 가슴을 후벼 팠다. 나는 이 어리고 여린 나의 딸에게 무슨 짓을 하고 있는가. 그 자리에서 다짐했다. 그만하겠노라고, 그만 시키겠노라고.

5살에 안경을 쓰기 시작하면서 명랑하고 쾌활하던 네가 소심해지고 움츠려들까 하는 걱정에 자존감 키워주자고 시작한 무용이었다. 본래 흥이 많고, 어디서든 율동을 배우면 선생님을 복사해 표현할 만큼 춤추는 것을 좋아해 선택한 벨리댄스였다.

취미로 시작해 재미 삼아 나간 첫 대회에서 좋은 성적을 냈다. 그것이 독이 되었는지도 모르겠다. 나는 댄스 영재라도 발굴한 것처럼 어깨가 으쓱했고, 네가 원하면 전문반에서 배울 수 있도록 하겠다고 했다. 사실은 내가 원한 것이었겠지. 그렇게 5살 작은 몸으로 트레이닝을 견디며 벨리댄서의 길을 걷게 되었다.

너는 또래에 비해 소질이 있었고, 더불어 운도 따라주어 출전하는 대회마다 우수한 성적을 내었다. 너의 노력으로 받은 결과였지만, 네가 즐기기에 당연하다 생각했다. 너를 향한 나의 노력에 너는 결과로 보여줘야 한다는 무언의 압박도 함께 했을 것이다.

하지만 무대에서 춤을 출 때 행복하고, 관객의 호응이 좋다고 하는 너의 말에 내가 무엇을 잘못하고 있는지 몰랐다. 오히려 나의 슬럼프를 다독이

는 너를 보며 내가 정말 잘하고 있는 줄 알았다. 그렇게 자존감 향상이라던 나의 초심은 온데간데없고, 너의 벨리댄스는 취미가 아닌 진로가 되어 있었다. 창의성 개발이라 떠들면서 재능이라는 틀에 너를 가두고 규칙과 규율 속에 너를 밀어 넣었다. 고작 다섯 살인 너를.

오만하고 어리석었던 나를 반성하며 그해 겨울, 꼬박 3년을 함께한 너와 나의 벨리댄스에 마침표를 찍었다. 쉼표인 줄 알았던 너는 기약 없는 수업을 갈망했지만 때마침 코로나19로 인해 체육활동들이 중단되면서 자연스럽게 벨리댄스를 너에게서 떼어 놓았다.

훗날 너는 그때 너의 의견을 묻지 않은 나를 원망할지도 모르겠다. 그렇지만 나는 그것이 너를 얽매이게 했음을 알았기에 멈추어야 했고, 다른 것에서 너의 편안한 즐거움과 행복을 느꼈기에 뒤돌아볼 필요가 없었다.

다시 한번, 힘듦을 견뎌내야 했던 너에게 진심으로 사과하고, 그럼에도 즐겁고 행복한 시간이었다고 얘기하는 너에게 감사하고 또 감사한다. 사랑하는 나의 아가, 너에게는 무궁무진한 세상이 있으며, 모든 선택을 응원한다.

주황색 신호등

박지연

나의 두 아들은 특별하다. 촉각과 청각의 예민함을 온몸에 장착하고 태어나 낮이든 밤이든 잠이 없었다. 하루 10번 이상 기저귀를 갈아야 하는 신생아가 본인의 생리 활동에 놀라 30분 이상 숙면을 취하지 못하고 자다 깨기를 반복했다. 대개는 생후 6개월 즈음엔 기기 시작하는 아기들과 달리 몸이 무거운 듯 팔꿈치에 의지해 포복 자세를 취하는 듯하다가 이내 걷고 뛰었다. 이렇게 말하면 그게 뭐가 특별나냐며 코웃음 칠 수 있겠지만 나도 고슴도치 엄마처럼 평범한 아이들을 특별한 존재라고 믿고 싶었다.

조산의 위험이 있던 임신 기간을 보낼 때는 손가락 발가락 10개 다 채워 건강하게만 태어나기를 바랐다. 그랬던 바람은 건강함을 확인함과 동시에 영특하게 자라줬으면 하는 욕심의 소용돌이로 바뀌었다. 나의 안테나는 아이의 교육 및 또래 엄마들의 정보에 따라 움직였다. 유명하다는 전집도 한 질, 두 질 들여놓기 시작했고 그 속에 담겨있는 모든 영양소의 진액은 한 방울도 빠지지 않고 흡수했으면 하는 바람으로 눈떠서 감을 때까지 부지런히 이야기를 들려줬다. 점점 아이들의 교육에만 관심을 가지는 주황 신호등 앞에 선 엄마가 되었다.

아이들을 어린이집, 유치원에 보내면서 새로운 인맥을 쌓아갔다. 엄마라는 공통점을 가진 사람들끼리 서로 의지하고 위로해가며 군인들의 전우애 못지않은 동지애를 키웠다. 어린이집 보낼 때만 해도 아이들의 신체발달에 중점을 두던 엄마들의 관심사가 교육으로 쏠렸다. 어디가 좋고 잘 가르친다, 어느 선생님이 유명하다는 가십거리는 KTX의 속도보다 빠르게 퍼졌고 이내 단톡방이 시끌벅적했다. 스케줄을 맞춰 삼삼오오 몰려가 상담을 받으며 교육기관 쇼핑에 부지런히 쫓아다녔다.

팔랑 귀가 되어 길에서 기름, 시간, 에너지를 버려가며 쫓아다니는 나를 보며 중심을 잡아주는 사람이 있었으니 바로 남편이었다. 남편은 본인 스스로가 조기교육의 실패자임을 증명한다며 벌써부터 무리할 필요가 있겠냐고 했다.

돌아보면 나도 그랬다. 어릴 적 엄마가 옷 가게를 하셔서 우리 삼 남매는 학교를 시작으로 학원 뺑뺑이를 다녔다. 피아노, 속셈, 산수, 서예, 한문, 영어, 학습지 등 학원 스케줄에 쫓긴 채로 자라 동네 친구들과 집 앞에서 고무줄놀이를 할 틈새 시간조차 여의치 않았다. 문제는 그렇게 많은 사교육을 했음에도 성적은 늘 엉망이었다는 것이다.

초등학교 4학년 때의 일이다. 성적표를 받았는데 사회 과목이 '양'이 나왔다. 초등학교 성적표라 하면 '수우미양가' 중에서 '수'와 '우'로만 도배가 되는 다른 집 아이들과 달리 내 성적표에는 '양'이 있었다.

성적표엔 반드시 엄마의 사인이 필요했고 나름 눈치작전을 펼쳤다. 손님 있을 때 보여주면 대충 보고 사인하고 넘어갈 거라고 생각했던 나의 판단은 날달걀이 돌에 부딪히듯 처참하게 깨졌다. 엄마의 등짝 스매싱에 속상하고 억울했다. 학원에 다니고 싶다고 한 것도 아닌데 왜 내가 좋은 성적을 받길 원하셨는지 이해가 안 됐다. 울며 억울해하는 나를 보며 엄마가 내린 처방은 학원 끊기였다. 한 번 내뱉은 말은 삼팔선 긋듯이 칼같이 지키는 엄마는 속셈과 한문 빼고 자비 없이 정리해 버렸다.

대구의 강남이라 불리는 수성구 사교육 현장에서 활동하고 있는 지인이 다수 있다. 아이들 사교육을 위한 최적의 환경이라고 부럽다고 하는 이도 있다. 나도 때로는 흔들린다. 그럴 때면 다시 아이들을 기준점으로 삼아 집중한다. 호불호가 명확한 첫째는 본인이 하고 싶고 알고 싶은 것은 스스로 찾아서 한다. 궁금한 것을 알아가고 뽐내는 것에 희열을 느끼는 첫째에겐 늘 결정권을 준다. 미술, 음악 같은 예체능은 아직 마음의 준비가 안 됐다고 조금 더 기다려 달라고 해 5년째 대기 중이다. 지금 아니면 배울 시간이 없을 거 같은 조급증이 나지만 강요로는 안 될 아이임을 알기에 기다린다.

둘째는 문자에 관심이 없다. 만들고 놀기 좋아하는 아이라 모든 분야에서 기다리는 중이다. 본인 스스로가 조급함이 없고 해맑기 때문에 급한 마음을 가질 수가 없다. 못하면 못하는 대로 비슷한 또래와 함께하면 된다는 참신한 생각을 하는 둘째에겐 늘 두 손 두 발을 든다. 둘째라 강요하지 않는 부분도 없지 않아 있지만, 지금은 기다려줄 시간인 듯하다. 아무리 좋은 프로그램을 가지고 있고 뛰어난 실력을 갖춘 선생님이 있다 할지라도 아이가 받아들일 준비가 되어있는지 먼저 살피는 게 우선이다.

내가 그랬듯 내 아이들의 신호등도 지금은 주황색임을 알기 때문이다.

우리 모두 괜찮은 '나'입니다

이혜진

코로나19로 자존감은 바닥을 뚫고 더 이상 내려갈 곳도 없었다. 책을 읽고 강의를 듣고 사회생활을 다시 시작하며 조금씩 나아지고 있음을 느꼈다. 그 시간도 잠시였다. 가을, 겨울로 계절이 바뀌며 코로나19는 다시 대유행을 하게 되었고, 강제 집콕 생활이 시작됐다. '이번에는 내 시간을 챙기자!' 다짐하며 아이와 보내는 시간 중 일부는 온전히 나를 위해 보냈다.

어느 날, 영화 선생님에게서 전화가 왔다.

"신애 선생님한테 가려고 하는데 시간 되면 같이 갈래?"

영화 선생님은 얼마 전 출간한 신애 선생님의 책을 읽고 만나보고 싶어 했다. 두 분은 출간한 책 이야기, 현재 쓰는 책 이야기, 앞으로 쓰고 싶은 책 이야기에 대한 이야기를 나누었다. 이상하게 나는 그 대화에 집중하지 못했다. 두 선생님의 이야기가 막바지에 다다랐을 때,

"우리의 이야기를 담은 책을 일 년에 한 권씩 쓰는 거예요. 책 테크. 나는 나를 사랑해서 책을 쓰기로 했다. 나나책!"

"선생님, 나 이거 정말 와닿아요. 책 테크. 나는 나를 사랑해서 책을 쓰기로 했다!"

"이걸 제목으로 하면 되겠네. 우리 제목 나왔다!"

하며 두 분은 깊은 바다에 파묻힌 보물을 발견한 듯했다.

'나나책. 나는 나를 사랑해서. 나는 나를 사랑하지 않는데? 지금이 만족스럽지 않고 과거에도 뭐 딱히 사랑할 일이 없었는데. 선생님들은 자신들을 사랑하나 보다.'

나를 사랑하지 않지만 그날 함께 있었다는 이유로 책을 쓰는데 합류하게 되었다.

본격적인 글쓰기가 시작되기 전, 머릿속에는 '언제 병원에 가볼까?' '가면 어떤 이야기를 해야 하나?' '요즘 나와 비슷한 사람들도 많이 오겠지?' '갔다 오면 마음이 좀 편해질까?' '얼마 동안 다녀야 할까?'에 대한 고민을 계속했다. 특히 생리 전 짜증이 많다는 것을 깨닫고 산부인과에 다녀왔다. 감정 기복의 조절을 위해 한 달 동안 약을 먹었지만 딱 거기까지였다. 약을 먹고 나타나는 몸의 반응이 싫었기 때문이다.

약을 먹기 시작한 초반 무렵 나나책 프로젝트를 시작했다. 최진석 작가의 《인간이 그리는 무늬》를 읽고 난 후 생각과 느낌을 글로 쓰는 연습을 했다. 자신의 욕망에 대한 내용을 담고 있는 책으로 글을 쓰면 쓸수록 마음의 변화가 일어났다.

'생각했던 것보다 내가 별로가 아니었네.'

'이 작가에 따르면 나의 20대는 너무 멋진 삶인데?'

부족한 점만 보이던 내 삶에 흡족함을 느꼈다. 타인의 삶을 부러워하듯이 누군가는 나의 경험을 부러워할 수도 있겠다는 생각이 들었다. 엄격한 기준으로 스스로를 다그치고 있는 것은 아닌지 마음을 살폈다.

아이에게 도움이 될 것이라는 판단으로 마인드맵을 배운 적이 있다. '나'를 주제로 마인드맵을 그리기 시작했다. 글쓰기는 전달하고자 하는 내용을 문장으로 써야 하고 독자가 공감할 수 있어야 한다. 서론 본론 결론으로 이야기의 흐름도 있어야 한다. 반면 마인드맵으로 표현하는 '나'는 생각을 단어로 적어가면 된다. 미처 문장으로 만들지 못한 단어는 마인드맵에 적었다. 이렇게 글을 쓰고 마인드맵을 작성하는 동안 마음이 괜찮아지고 있음을 느끼고 있었다. 과거를 들여다보는 일, 장·단점에 대해 알아보는 일, 감정 살피기, 감사한 것에 대해 적어보는 일은 내가 소중한 존재임을 깨닫게 하였다.

이 프로젝트의 이름처럼 서서히 나를 사랑하기 시작했다. 단지 '나'에 대해 알아가는 과정을 통해 자존감은 높아지고 있었고 마음은 더 이상 요동치지 않았다. '나'를 바라보는 시각이 바뀌고 나니, 무엇이든 할 수 있을 것만 같았고 도전하고 싶었다. 어느새 20대의 나처럼 만족하는 삶을 꿈꾸고 있었다.

마음이 힘들다면, 나름 잘나갔던 그 시절이 그리울 때면, 코로나19로 지친 마음이라면 본인에게 물어보길 바란다.
'지금 나, 안녕한가요?'
'요즘 내 마음 괜찮은가요?'

'과거의 나는 어떤 사람이었나요?'

'지금 어떤 삶을 살아가고 있나요?'

'미래의 나는 어떤 모습을 꿈꾸고 있나요?'

글쓰기를 하고 마인드맵을 적지 않아도 괜찮다. 하얀 종이에 떠오르는 단어를 적는 것으로도 충분하다. 누구에게도 말하지 못한 이야기라면 더 훌륭하다. 타인에게 보여주고 싶지 않은 모습도 문제 될 것이 없다. 이렇게 적어가다 보면 이전보다 객관적으로 나를 바라보게 된다. 타인에게 관대한 잣대가 나에게도 적용하게 된다. 그렇게 나를 안아주게 된다.

읽기가 자라 쓰기가 되었습니다

최신애

글을 쓰겠다고 결심을 한 후, 6년이 흐르는 동안 나의 쓰기는 출간으로 이어졌다. 결혼 전 독서 교재를 만들면서 그림책이나 동화를 읽었지만 일을 위한 것이었다. 아이를 키우면서 마음을 열고 그림책을 읽으면서 위로를 받기도 했고 육아서를 통해 어려움을 해결하기도 했다. 아이의 영어를 위해서 스스로 공부를 시작하고 도서관을 드나들면서 읽는 분야를 넓히기 시작했다.

읽을수록 갈증이 커졌다. 내 아이를 바라보는 건강한 시선을 얻었지만 그 정도에 머물렀다. 아이가 어릴 때 스마트 폰이 나왔지만 혁신적 변화를 따라가지 못하고 소극적인 독서생활을 지속했다. 책에서 배운 것을 아이에게 적용하면서 기뻐하곤 했다. 책이 쌓이자 더 넓은 집으로 옮겨야 할 지경이었다.

잠재된 불안 때문인지 읽지 않더라도 책으로 그득하면 만족스러웠다. 불안은 나의 바닥에 웅크리고 있었다. 진정한 독서라기보다 읽는 행위로 안정감을 느끼는 습관 같은 것이었다.

날 수 없는 새가 언젠가 날기 위해 날개를 매만지듯 읽고 또 읽었다. 문득 헛똑똑이 같이 흩어지는 읽기의 쓸모를 따져보았다. 육아서마다 방향이 달라 난감했다. 삶의 모든 영역을 아우르는 작가가 많지 않았다. 저마다 다른 주장에 육아나 일상의 방향이 흔들렸다. 과열된 읽기의 열정이 조금 식었다. "왜 읽어야 하지?" 실천할 수 없거나, 이상적인 책 때문에 죄책감을 느끼기보다 정리하는 편을 선택했다. 책도 책 나름이라 잘 분별해서 읽을 필요가 있었다.

아이를 키울 준비도 없이 흔들리며 첫아이를 키웠다. 첫아이에게 애틋하면서 미안한 감정을 느끼는 엄마가 많다고 하는데 나도 그 중 하나였다. 자연주의에 가까웠다가 타이거맘이 되었다가 헬리콥터맘이었다가 다시 자유방임을 하는 식으로 옮겨 다니면서 자기다운 육아를 고민하는 엄마들과 비슷한 수순을 밟았다.

읽고 배우며 남다른 육아를 하겠노라 다짐하면 내가 좀 나은 사람처럼 보였다. 갈피를 잡지 못해 아이를 안고 울먹이면서도 '공부하는 엄마'라며 스스로 위무했다. 책대로 육아가 된다면 아이 키우는 것만큼 쉬운 것이 있을까? 아이에게 건전한 대화법으로 다가갈 줄 몰라서가 아니다. 툭 툭 튀어나오는 나의 거친 표현 때문에 아이를 재우고 뒤돌아 울 때가 얼마나 많았던지. 이상과 현실은 항상 벽에 부딪혔다. 그런 괴리감에 주춤했지만 결국 책은 나에게 구름다리의 난간처럼 버팀목이 되었다. 선별하는 지혜가 필요할 뿐, 책의 유익은 적지 않다. 결핍을 채우거나 바닥이 된 마음을 위로하고, 유익한 정보를 전하는 책은 언제나 곁을 내주는 친구이자 스승이었다.

애처롭던 첫 육아의 시간은 헛되지 않았다. 어설픈 엄마의 걱정과 달리 아이는 자기 색깔을 드러내며 세상에 발을 딛기 시작했다. 여유가 생기자 '결핍을 채우는 읽기'에서 '쓰기를 위한 읽기'로 자연스럽게 이동했다. 읽고 느끼거나 알게 되면 새로운 생각이 작은 불씨가 되어 타오른다.

배움을 저장할 그릇을 여러 개 마련했다. 손 글씨로 남기거나 사진을 찍어 글과 함께 올렸다. 개인 블로그가 성에 차지 않아 글을 공유하는 누리집에 작가로 활동했다. 누군가 내 글을 읽어준다는 사실에 탄력을 받아 쓰기에 더 매진했다. 조회수에 집착하거나 좋아요에 일희일비 할 때도 있었지만 쓰기를 멈출 이유가 되지는 않았다.

읽기가 읽기 그대로여도 나쁘지 않다. 책은 읽는 사람을 결국 바꾸고야 만다. 읽기의 반복은 쓰고 싶은 갈망을 불러일으키기에 충분하다. 어쭙잖게 쓴 글에도 누군가 공감하면 읽기와 쓰기는 날개를 달게 된다. 수동적이며 평면적이던 나의 읽기는 능동적이며 입체적인 모양을 가지기 시작했다.

이런 수순을 밟다 보니 넘사벽처럼 보이던 출간은 도전할 목표가 되었다. 지금도 매일 투고를 바라는 기획 원고를 쓴다. 한두 달 지나고 살펴보면 어쭙잖고 부족하지만 구성하는 것에 재미가 쏠쏠하다. 수년 전 생각지도 못한 읽기와 쓰기가 내 삶의 중심이 되었다.

혼자 읽던 나는 쓰기 시작했고 혼자 쓰던 나는 이제 함께 쓰고 있다. 서로가 서로의 구름다리 난간이 되어주며 쓰다 보니 그동안 적적함과 위태함이 소소한 즐거움으로 바뀌었다. 함께 쓰면서 출간까지 함께 쓰는 즐거움은 결국 책이라는 물성으로 드러나고야 마니, 읽기는 자라서 쓰도록 만드는 힘이 있음에 분명하다.

역지사지, 공감……

김명숙

사회적 페르소나를 벗고 소리를 지른다. 일상다반사다. 소리를 지르다가 되돌아 들리는 목소리에 내가 놀란다. '아, 정말 듣기 싫다.'

이곳은 집안이다. 대부분 낮 시간은 아이들과 함께하고, 저녁과 주말은 남편도 함께 머무는 공간이다. 가끔 남편이 제동을 걸어주지만 무소불위의 장소다. 보통은 감정적으로 분노가 일거나 화가 났을 때 소리를 내 지르는데 왜, 무엇 때문에 격앙되어 있는지 내 감정이 문득 궁금해졌다. 표면적인 이유는 가족 구성원으로서 늘 해야 되는 일을 안 하는 것 때문이다. 요구 사항들은 단순하다. 학교 다녀와서 비누 묻혀 꼼꼼히 손 씻기. 가방 함부로 내던져 놓지 않기. 안내 사항(알림장) 알려주기. 물병 꺼내 개수대 안에 넣어두기. 적당한(?) 휴식 후 청결하게 씻고 과제 스스로 하기. 약속된 시간만큼 티브이 시청하기. 스마트 기기 사용 적절하게(?) 하기. 옷 뒤집어 벗지 않기 등등.

이게 뭐 어떤가? 당연히 해야 하는 거 아닌가? 백번 천번 당연한 거다. 왕래하고 지내는 또래 아이 엄마에게 물어보니 이 정도는 양호한 요구사항이라고 한다. 그들도 그러기 십상이란다. 그러니 속이 터지는 나의 답답함과 소리 지르기는 합당하다.

아……. 음……. 뭔가 찝찝하다. 합리화하고 정당화 해봐도 기분이 개운하지가 않다. 그래도 명색이 '감정코칭'이란 단어를 아는 엄마인데, 경청, 대화, 소통, 비판적 사고를 중심축에 둔 하브루타 공부하는 엄마인데. '노력하는 엄마, 사려 깊고 공감할 줄 아는 엄마, 소통으로 아이를 바르게 잘 길러내는 엄마'라는 타이틀에 엇나가는 행동을 했다는 생각에 마음 저 깊은 곳이 껄끄럽다. 이 불편함의 정체를 알고 싶다.

나를 벗어나 객관적인 관점으로 바라보기가 쉽지 않다. 유체이탈 비슷한 상상을 해본다. 이미지로 나의 정신을 연기 같은 흰 유동의 기체로 형상화해서 내 머리 위에 둥둥 띄워 집안의 여러 상황들을 내려다보게 했다. 오전 빠듯한 시간을 활용하여 청소며 빨래, 집안 정리를 대충 끝내고 책 몇 장 넘기며 집중이 될라치면 아이가 돌아올 시간이다. 좋아하고, 하고 싶은 일에 더 집중하고 싶은데 끊겨 버려 아쉽다. 어서 아이를 맞아주고 다시 연결해서 계속하고 싶어 조급함이 든다.

아이는 아침부터 5교시까지(그중에 좋아하는 과목도 있을 것이고, 흥미와 적성에 맞지 않아 집중하지 못하고 힘에 겨운 과목도 있었을 것이다) 풀타임 교과 과정을 마치고 현관문을 열고 들어온다. 온몸의 긴장이 풀리면서 안도감과 여유를 느낄 것이다. 가방을 벗어던지고 뒹굴거리고 싶을 것이다.

학교나 집이나 손 씻기의 중요성을 하도 강조해서 눈에 보이지도 않는 요놈의 균을 이론적으로는 잘 안다. 그러나 눈에 안보이니 대충 물만 묻혀 씻는 시늉만 한다. 미처 신지도 못하고 발만 얹어 질질 끈 욕실화를 돌려 나오려는데…… 허걱! 언제 왔는지 엄마가 그럴 줄 알았다는 표정으로 다시 비누 묻혀 씻으라고 한다. '으…… 귀찮아…….' 젖은 손을 수건에 닦는 것도 귀찮아 옷에 슥 문질러 닦고 전등 스위치에 물기를 찍어놓고 식탁에 털썩 앉는다.

내어준 간식도 먹기 전에 "엄마, 어제 보다 만 티브이 사용권 지금 사용해도 돼?" 으~!, 먼저 깨끗하게 씻고 간식 먹고, 숙제한 다음 여가 시간을 가지면 마음도 편하고 얼마나 좋을까. 매일 하는 것들, 어차피 해야 할 일 순서대로 잘 습관화하면 잔소리할 일도 들을 일도 없고 얼마나 편하겠는가.

아니다. 이 상황을 내려다보니 그럴 수도 있겠단 생각이 든다. 나도 외출했다 들어오면 피곤함에 일단 가방 던져 놓고 털썩 주저앉아 멍 때리기 부터 하지 않는가. 휴대폰을 꺼내어 밀린 메시지 읽고 처리하느라 앉은 자리에서 제법 많은 시간을 사용한다. 차이점이 있다면 나는 스스로 가방을 치운다는 명목하에 치우는 시간을 자율적으로 조절한다는 것이다. 단지 내가 정한 순서대로 하지 않는다고 아이를 몰아세우는 게 합당한 상황은 아닌 것 같다. 아이가 아닌 어느 누구에게 일하는 순서가 내 계획과 맞지 않는다고 소리 지를 수 있겠는가. 그것이 틀렸다고 말하지도 못할뿐더러 말할 때도 공손한 말과 행동으로 했을 것이다.

존중이다. 아이를 대할 때 존중이 빠져 있었던 것이다. 감정코칭이란 단어만 알고 있는 것이지 감정코칭의 전제조건인 '공감'이 전혀 습득이 되지 않은 이론서 같은 엄마였다. 질문, 대화, 토론으로 열린 상호작용을 추구한다 했지만 오직 나의 입장에서 편의성을 위해 아이들을 몰아세웠다. 그러면서 사려 깊고 아이와 소통할 줄 아는 엄마라는 페르소나로 나를 포장하고 있었다.

　이것이 불편함의 정체였다. 아이도 나도 미숙하다. 실수의 민낯을 가감 없이 보여 주는 사이다. 그래도 돌아서면 찌끼 없이 서로 사랑할 수 있는 사이다. 오늘도 미숙한 엄마는 미숙한(누가 아이를 미숙하다 정의해버리는가. 이것 또한 나의 편견일 수도!) 아이와 함께 어제보다 한 발 나아간다. 아이가 아니었다면 감히 누가 나를 되돌아볼 줄 아는 사람으로 다듬어 가겠는가! 진정 아이는 나를 다듬는 지도자의 자격이 충분히 있다. 두 아이가 나를 키우고 있음을…….

"아이를 대함에 있어
지도자로 대하듯
일관되게 존경심을 보여야 합니다."
_이면우 교수

내가 나인가?

이영화

최진석 교수님의 《인간이 그리는 무늬》를 읽다가 문득 이번 주 도서관 수업이 생각났다. 이선미 작가의 《진짜 내 소원》이라는 그림책이었는데 주인공이 자신의 진짜 소원을 찾는 과정을 이야기해주고 있다. 주인공 아이가 램프의 요정 지니를 만나 3가지 소원을 비는 과정에서 자기의 소원이 아닌 부모님의 소원을 빌어 자기한테 소원이 이루어지지 않고 부모님의 소원이 이루어지는 것을 보며 자기의 소원이 뭔지 찾는 방법을 가르쳐준다.

방법을 알기 전에 아이들에게 먼저 질문을 했다.

"진짜 내 소원을 알려면 우린 무엇부터 생각해봐야 될까?"

"내가 좋아하는 것이요."

"내가 잘하는 것이요."

"나의 장단점이요."

"내가 싫어하는 것이요."

"내가 하고 싶은 것이요." 등등 아이들의 대답이 쏟아졌다.

최진석 교수님은 인문(人文)은 인간이 그리는 무늬이며 인간의 결, 인간의 동선이라 하였다. 욕망은 자기 자신을 오로지 자기 자신이게만 하는 것, 타인들과 공유되지 않고 오직 자기 자신에게만 있는 힘이라 말하며 자신만의 고유한 욕망을 따라 하면 행복하고 그 행복이 열정을 제공하며 그 열정이 창의적 결과로 이어지므로 항상 나에게 "내가 나인가?"라는 질문을 던져야 한다고 하였다.

이선미 작가가 말하는 '진짜 내 소원'이라는 것이 최진석 교수님이 말하는 욕망이 아닐까? 아이들의 대답들이 인문적 통찰의 첫걸음이며 인간이 그리는 무늬 즉 인문이 아닐까? 라는 생각을 해본다.

갑자기 '내가 그리는 무늬는 뭐지?', '나의 욕망은?', '나의 진짜 소원은?', '나는 욕망을 따라 살고 있는가?'라는 생각들이 내 머릿속을 아프게 한다. 스스로 '내가 그리는 무늬'를 '아문(我文)'이라 이름 짓고 "내가 나인가?"라는 질문을 던져본다.

"내가 나인가?"

선뜻 대답을 하지 못하는 자신과 마주하게 된다. 당연히 '내가 나지'라고 생각은 하면서 왜 선뜻 대답을 하지 못하고 있는 것일까? 내가 나가 아니라서 그런가?

이런저런 생각을 하다 보니 나의 여러 모습과 마주하게 된다. 내가 가지고 있는 여러 상황에서의 나의 모습들, 딸로서의 나, 엄마로서의 나, 아내로서의 나, 며느리로서의 나, 프리랜서 강사로서의 나…….

전부다 내가 맞지만 역할에 따라 내가 가지고 있는 무늬와 욕망이 다르다.

먼저 딸로서 가지고 있는 무늬는 언제나 물가에 내놓은 강아지처럼 부모님에게 철부지 막내딸이다. 딸로서 가지고 있는 욕망은 없다. 부모님 그늘 아래에서 나의 욕망은 필요하지 않았다. 그저 물 흐르듯 시간을 보낼 뿐이었다.

두 번째 엄마로서의 나의 무늬는 항상 현모가 되고 싶어 하는 반면 일탈을 꿈꾼다. 현모가 되어 아이들 양육에 힘을 쏟는 반면 앤서니 브라운의 《돼지책》의 피곳 부인처럼 일탈을 꿈꾼다. 아이들을 사랑하지만 사랑하는 마음만으로는 육아를 할 수 없다. 오로지 나만을 위한 일탈의 시간이 있어야 나의 감정에 휘둘리지 않는 육아를 할 수 있다.

세 번째 아내로서의 나의 무늬는 남편과 인생의 동반자가 되려고 노력하는 나가 있다. 동반자란 짝이 되어 여러 가지 일을 함께 하는 사람을 뜻한다. 서로 너무나도 다른 사람들이 만나 하나의 가정을 만들면서 서로의 다른 가치관과 라이프스타일이 부딪혀 가며 우리 부부의 새로운 가치관과 라이프스타일을 만들어 간다. 이 과정에서 수동적이지 않으려고 노력하며 동반자가 되려 노력한다.

네 번째 며느리로서의 나의 무늬는 만능 슈퍼우먼이다. 도움이 필요할 때 동에 번쩍 서에 번쩍 나타나는 만능 슈퍼우먼이 며느리로서의 나다.

다섯 번째 프리랜서 강사로서의 나의 무늬는 오로지 나의 욕망으로 가득 찬 나가 있다. 김미경이 되고 싶은 욕망을 가슴에 품고 그 욕망을 이루기 위해 매진하는 나가 있다. 여러 가지 나의 무늬 중에 오직 나만을 위한 고유한 욕망을 품고 그 욕망을 따라 행복하고 그 행복이 열정을 제공하며 그 열정이 창의적 결과로 이어지는 나가 있다.

지금 나는 다섯 번째 나의 무늬를 잃어버리지 않으려 나머지 네 가지의 무늬에 최선을 다하고 있다. 네 가지 무늬 중 어느 하나라도 소홀히 하게 되면 마지막 나의 무늬는 사라지고 욕망을 이룰 수 없기 때문이다. 나만의 욕망을 꿈꾸고 이루려면 가족 안에 있는 나의 무늬들을 잘 관리하여야 한다. 또 가족 안에 있는 나의 무늬들을 잘 유지하려면 고유한 나만의 무늬도 잘 관리되어야 한다. 가족 속의 나와 나만의 나는 톱니바퀴처럼 같이 맞물려 같이 굴러가며 톱니 하나만 빠져도 제대로 굴러가지 못하듯이 나의 무늬들도 그러하기 때문이다.

엄마의 기쁨과 슬픔

 이영은

여자의 촉인지 엄마의 직감인지 알쏭달쏭 한 느낌에 임신 테스트기를 샀다. 임신 계획을 시작으로 2년 동안 수도 없이 보아온 임신 테스트기의 빨간 한 줄에 눈물도 함께 흘렸다.

확인과 동시에 냉장고로 달려가 맥주를 땄다. 맥주가 아랫입술 끝에 닿기 전 혹시나 하고 휴지통에 버렸던 테스트기를 다시 확인해 보기도 했다. 기대와 좌절의 반복에 신물이 날 무렵 박스째 사놓은 임신 테스기를 다 써보지도 않고 쓰레기통으로 던져버렸다. 한국엔 없다는 스마일 배란테스트기도 힘들게 구하고 인터넷상에 떠도는 검증되지 않은 여러 방법들을 시도해 보기도 했다.

신랑이 회식이 있던 날 나도 친구들과 퇴근길에 한잔할까 하는 마음에 집으로 향했다. 그날따라 지나치던 길목에 있는 약국 간판이 눈에 매섭게 들어왔다. 끌리듯 들어가 임신 테스트기를 샀다. 집에 도착해 설마 아니겠지 하며 한잔하기 전 혹시나 하는 마음에 한 테스트였다. 생리 예정일이 지난 것도 아니었고 배란일에 맞춰 노력을 하지도 않았다. 그저 다음 달에 예약해놓은 불임 병원 가는 날만 기다리고 아무 생각 말자 하고 있던 차였다. 내심 두 줄이 나오길 바라면서도 혹시나 하는 마음에 습관처럼 해본 임신 테스트였다.

　그토록 원하던 두 줄이 눈에 들어왔다. 테스트기에 두 줄이 믿기지 않아 당장 동네약국으로 향했다.
　"임신 테스트기 회사별로 다 주세요."
　"네?"
　"회사별로 몇 개죠?"
　"7개…… 다 드릴까요?"
　"네. 전부 주세요."
　헛배가 불러왔지만 억지로 물을 마셔가며 테스트기를 확인했다. 눈을 비비고 봐도, 쓰레기통에서 다시 건져 봐도 모두 두 줄이었다. 엄마로서의 기쁨이 시작되는 감격스러운 순간이었다.

　태어날 아이를 기다리며 아기용품을 준비하며 마냥 기뻤다. 가족들과 지인들의 축하와 대접을 받을 때 마냥 행복했다. 만삭이 되어 불룩 튀어나온 배를 내밀고 다니며 임산부티를 내는 것이 즐거웠다. 기다리던 아이를 만나던 날 인류 역사에 한 획을 그은 것처럼 뿌듯하기까지 했다. 딱 여기까지가 엄마의 기쁨만을 만끽하던 순간들이었다.
　만약 그때, 내 맘대로 되지 않는 자식으로 인해 숱한 밤을 속 태우며 하얗게 지새우게 될 거란 걸 알았다면 마냥 기뻤을까? 만약 그때, 자식의 아픔을 대신하고 싶은 엄마의 마음으로 눈물을 머금고 기도하는 마음을 알았더라면 마냥 행복했을까? 만약 그때, 자식을 보며 그동안 부모님에게 했던 만행들이 뼈저리게 후회될 줄 알았더라면 마냥 좋기만 했을까?

단물만 먹고 싶은 속물 같은 마음을 아이를 키우며 깨달았다. 물론 아이를 키우며 기쁨이 없었던 것은 아니다. 그저 엄마욕심 필터링이 자동 장착되어 기쁨이 보이지 않는 순간이 늘었을 뿐이었다. 물론 엄마 욕심 필터링이 늘 작동되는 것만은 아니다.

아이가 아프다 건강해지면 그렇게 기쁠 수가 없다. 아이가 한글을 떼면 그렇게 행복할 수가 없다. 아이가 책을 읽으면 그렇게 좋을 수가 없다. 아이가 똑똑하게 느껴지는 날은 내 자식이라는 사실이 감격스럽기까지 하다. 물론 환상은 단숨에 깨어지지만.

엄마의 기쁨이 달라진 곳에 엄마의 욕심을 둔갑한 목적성이 도사리고 있다. 엄마의 슬픔은 바로 엄마의 욕심에 갖춰 내 아이를 있는 그대로 보지 못하는 순간들이 아닐까 하는 생각이 든다.

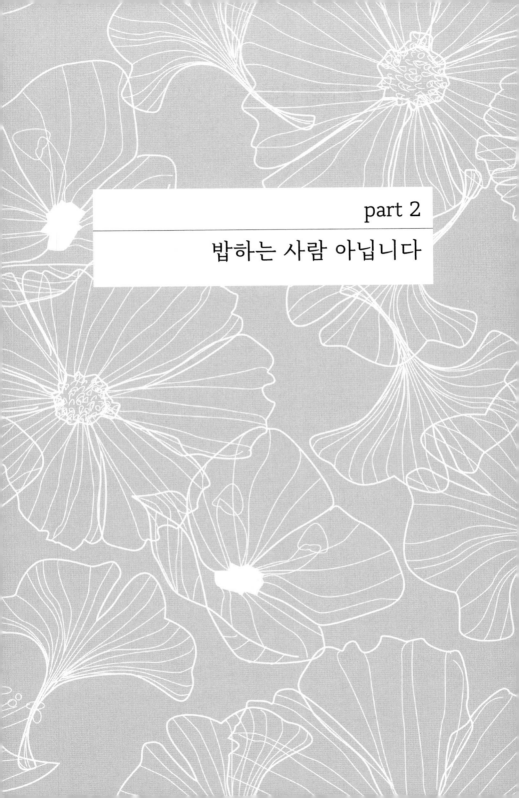

part 2

밥하는 사람 아닙니다

인생의 동아줄, 하브루타

박지연

자유로운 영혼의 소유자인 첫째는 숲 유치원에 입학했다. 4세 가을, 사립 유치원과 영어 유치원 설명회를 다니느라 혼이 빠져있었다. 오전에 두 번씩 설명회를 쫓아다닌 적도 있었다. 그렇게 부지런히 발품을 팔며 최종 선택지에 오른 곳은 두 곳. 미국식 교재로 수업한다는 영어유치원과 큰아이가 다니던 어린이집 선생님이 추천해 준 숲 유치원 두 곳이었다. 머리로는 숲 유치원을 선택해야 함을 알면서도 영어유치원을 보내고 싶어 입학금을 냈다.

하지만 그쯤 나의 육아 우울증이 최고조에 달해 현실 도피로 취업을 했다. 영어유치원의 하원 시간은 이른 편이라 아이를 봐줄 어머님을 생각하면 숲 유치원으로 보내야 했지만 그렇게 하질 못했다. 몇 날 며칠 고민하다 아이에게 물었다.

"집 앞에 있는 영어로 말하고 노는 유치원 갈래? 집에서 조금 멀어 버스타고 가야 하지만 개미 잡고 산에 자주 가는 유치원으로 갈래?"

아이의 대답은 빠르고 명확했다.

"개미 잡으러 갈래."

지금 생각해보면 이런 질문에 열에 아홉은 개미 잡으러 간다고 하지 않았을까 란 생각에 피식 웃음이 난다.

그렇게 아이는 숲 유치원을 2년 다녔다. 7세가 되기 전 일부 친구들이 영어유치원으로 옮기기 시작했고 아이도 새로운 환경을 원했다. 지금 이곳도 좋지만 담임 선생님도 바뀌고 친구들도 바뀌니 아이가 흔들리는 듯했다. 한 해 뒤면 초등학교 입학이라 큰 혼란에 빠졌다. 또다시 영어유치원을 기웃거렸지만, 아이가 아직은 영어를 배우고 싶어 하지 않아 숲 유치원과 비슷한 커리큘럼을 가진 단설 유치원으로 옮겼다. 유치원의 교육철학은 아이와 잘 맞았으며 새로운 환경임에도 금세 적응했다. 하지만 일 년 뒤면 초등학교를 보내야 한다는 부담감으로 어깨가 무겁고 눈앞이 막막했다.

나보다 먼저 학부모가 된 친구가 초등 입학 전 아이가 준비해야 하는 것들이 적힌 책 몇 권을 선물해주었다. 대부분 초등학교 입학 준비를 위해 아이의 생활습관을 바로잡는 내용 위주였고 어떻게 교육 부분을 준비해야 하는 지는 다루지 않았다. 그즈음 아이는 학습지, 사고력 학원에 다니고 있었지만 이걸로 뭔가 개운치 않았다.

무조건 학원에 의존하기보다 가정에서 내가 준비해야 할 부분이 있는 거 같긴 한데 그게 뭔지 속 시원히 알지 못하니 답답할 뿐이었다. 다들 한글, 독서, 영어, 수학, 미술, 악기를 해야 한다고만 하니 단절된 벽과 소통하는 기분이었다. 내 아이는 그렇게 키우면 안 되는 걸 알기에 끊어지지 않는 동아줄을 찾는다는 심경으로 도서관에 가 초등 자녀를 위한 책을 찾아 뒤적이기 시작했다.

그러다 우연히 《부모라면 유대인처럼》이란 책을 보며 블랙홀로 빠져들었다. 유난히 사람들의 손을 많이 탄 티가 나 집어 들었는데 그 책은 처음부터 덮는 마지막 페이지까지 다 씹어 먹어 기억할 수 있다면 그러고 싶을 정도였다. 유대인에 대해 아는 것이 전무했던 나에겐 하브루타, 하부르타 입에도 잘 붙지 않는 이 단어가 판도라의 상자였다. 관련 정보를 찾다 문화 센터에서 진행하는 유대인 자녀 교육 관련 1일 강좌에 참여하게 되었다. 유대인 교육 관련 수업이라 그런지 여태 다녀본 1일 강좌와 달리 강사와 참석자 간의 소통 시간이 있었고 다 같이 이야기를 나누며 공유했다.

그 강의의 여운이 남아 더 깊이 알고자 인터넷을 뒤적이다 하브루타 관련 자격증 과정을 찾았다. 이 과정을 들으면 이 분야의 전문가가 될 수 있다 생각하니 설레었다. 2급 자격증 과정을 신청해 10주간 하루도 빠짐없이 참여하고 과제도 수행했다. '10주가 지나면 이론 및 실전에 대한 많은 것을 알아 가겠지.' 라고 기대했지만 아니었다. 수박 겉핥기로 두루뭉술하게 배워 더 헷갈렸다. 더 깊은 배움을 위해 1급 자격 과정을 연이어 등록했다.

1급 지도자 과정 역시 뭔가 나의 가려움증을 명확히 해결해주지 못했다. 오히려 애매한 경지에 올려 더 혼란을 가져다주었다. 자격증은 마침표가 아닌 또 다른 시작점이었다. 시간이 지날수록 혼란스러웠고 사방이 가로막힌 듯했다. 당장 내 아이에게 무엇부터 적용해야 할지가 그려지지 않았다. 제대로 알고 있느냐고 스스로에게 물을수록 그 자리에 멈춰버렸다. 무리하게 욕심내지 말고 천천히 가보자 결심했다.

나의 아이가 성인이 되는데 남은 시간 대략 15년. 끝이 보이는 길고 긴 해저 터널 안에 진입했다고 생각하고 긴 호흡으로 천천히 가자는 결론에 다다르니 느긋해졌다. 연구로 따지면 15년 이상 걸리는 질적 연구를 시작한 것이다.

내 인생의 조력자, 금트리오!

이영화

코로나로 인해 모든 일상이 마비되고 전혀 다른 세상에 하루하루가 무서웠다. 끝이 보이지 않는 사회적 거리두기 환경을 경험하는 아이들의 세상이 메마르고 삭막해 질까 불안했다. 여기저기에서 코로나로 인한 변화되는 세상에 대비를 해야 한다고 떠들어대고, 지금 준비하지 않으면 세상을 잘 살아갈 수 없다고 경고한다.

육아에서 이제 좀 벗어나나 했는데 다시 밀착육아가 시작되었다. 처음 얼마동안은 코로나가 곧 지나가는 것이라 생각하고 온 마음과 몸을 아이들에게 집중했다. 하지만 기약 없는 코로나로 인해 사회와 단절된 채 아이들과의 24시간 밀착은 점점 나의 숨통을 조여왔고 나를 잃어가는 것만 같았다.

그렇지만 인생은 새옹지마라고 하지 않았는가! 잃는 게 있으면 얻는 것도 있다. 코로나로 인해 나를 잃어버렸지만 가족 안에서 또 다른 나를 얻을 수 있었다.

130

우리 가족은 되도록 사람들이 없고 조용한 자연을 찾아다녔다. 유치원에서도 일주일에 2번은 숲 놀이를 하던 아이들이라 풀이나 나무, 곤충에 대해서 많이 알고 있었다. 남편도 아이들 못지않은 지식을 자랑하며 자기들끼리 정보를 나누고, 잘 알지 못하는 나를 놀리곤 했다. 매일매일 가지는 이 시간은 오히려 코로나에 감사하기도 했다.

금남매(난 두 아이를 부를 때 금남매라 애칭한다.)는 이 기간 동안 두 가지에 도전했다. 두발자전거와 스노클링이다.

먼저 두발자전거를 시작한 금남매는 인생의 쓴맛을 자전거를 배우면서 느꼈다. 남편의 혹독한 자전거 교육에서 모든 일에는 힘든 과정을 거치고 이겨내야 단맛을 볼 수 있다는 것을 아이들은 자연스럽게 배워나갔다. 자전거를 타기 시작하면서 실력은 일취월장하였다. 여러 가지 묘기까지 자연스럽게 하게 되었고 남편과 라이딩도 같이 하게 되었다.

큰아이가 아빠와 라이딩을 하고 온 날 나에게 물었다.

"엄마, 자전거를 타고 오르막을 올라가기 힘든데 왜 올라가는지 알아?"

"모르겠는데 왜 그런 거야?"

"그건 내려갈 때의 행복과 즐거움을 잊지 못해서 그런 거야"

큰아이의 대답에 놀라지 않을 수 없었다. 여덟 살짜리 꼬맹이의 깨달음이 신기할 따름이었다. 지금 아들은 내려갈 때의 행복과 즐거움을 위해 오르막을 오르고 있다. 이런 경험들이 아이의 인생에서 위기가 찾아올 때마다 큰 힘이 되어줄 거라 믿는다.

라이딩까지 시작한 금트리오(남편과 금남매를 아울러 부르는 애칭이다.)와는 달리 구경만 일삼던 어느 날 작은 아이의 심기 불편한 질문을 받게 되었다.

"엄만 자전거도 못타? 우리 보고는 포기하지 말고 계속하라 더니……

엄마는 왜 포기하는 거야?"

　그렇지 않아도 셋이서만 다니는 모습에 살짝 질투가 나기 시작했는데 아이의 말을 들으니 '나도 못할 것도 없지!', '난 포기한 게 아니고 도전을 아직 안 했을 뿐이라고!'라고 생각하며 자전거를 배우기 시작했다. 타보겠다고 마음먹으니 금방 탈 수 있게 되었고 아이들과 라이딩을 시작하였다.

　여름이 되어 라이딩은 잠시 접어두고 계곡 물놀이를 시작했다. 어디서 귀신같이 알아오는 남편의 비밀 장소는 우리 가족만 놀기에 안성맞춤이었다. 난 물놀이를 싫어하는 것은 아니지만 얼굴을 물에 담그는 것에 공포가 있다. 어떨 땐 샤워기로 세수를 하면서도 숨 막혀 죽는 공포를 느끼는 경우가 있을 정도이다. 우리 가족은 여름휴가를 강원도에 스노클링을 하러 갈 계획을 하고 있다. 그래서 일주일에 2,3번씩 이 계곡에 와서 스노클링 연습을 했다.

　특별한 것은 없어보였다. 스노클링마스크를 끼고 얼굴만 물에 담그고 몸에 힘을 빼면 된다. 그 쉬운 것을 못하고 있는 나를 보고 또 둘째 아이가 한마디 한다.

　"엄마, 엄마는 또 못 하네……."

　맞다. 이번엔 도전을 안 해서 못하는 것이 아니라 진짜 무서워서 못하는 것이다. 이건 딸아이가 아무리 말해도 할 수 없다 생각했는데 어느샌가 스스로 스노쿨링 마스크를 쓰고 허리 정도 오는 깊이에서 구명조끼를 단단히 챙겨 입고 물에 머리를 담그고 있었다.

　내가 처음부터 물을 무서워했던 게 아니다. 아이들 만할 때는 시골 할머니집에 가면 강가에서 물놀이도 하고 서로 물속에서 누가 오래 참는지 내기도 했었다. 그런데 특별한 계기가 있었던 것도 아닌데 언제부턴가 물이 무서워지기 시작했다. 이런 나를 보고 수영 배우기를 남편이 몇 번이나 권했지만 엄두도 내지 못했다. 그런 내가 지금 스스로 물에 머리를 담그고 있다. 어디서 용기가 나왔는지 나 자신도 알지 못한 채 엄청난 도전을 시작했다.

단번에 성공하진 못했다. 물에 들어 가기까지 몇 번의 도전이 필요했고 물에 들어가서 앞으로 나아가기까지도 많은 연습이 필요했다. 그래도 난 이제 할 수 있다. 우리 가족은 한국의 나탈리라 불리는 강원도의 한 바닷가에서 스노클링을 하며 바다속 물고기와 인사하며 멋진 여름휴가를 보낼 수 있었다.

조력자는 도와주는 사람을 말한다. 내 인생의 조력자들 금트리오가 있어 사회에서 멋지게 성공하고 싶은 나를 잠시 잃어버려도 될 만큼 소중한 또 다른 나를 얻게 되었다.

내 꿈 안녕하니?

성연경

어느 날 딸아이가 물었다.

"엄마, 나 태어나기 전에 선생님이었잖아. 그럼 꿈이 선생님이었어?"

자기가 태어나기 전에 엄마는 어떤 일을 했었냐는 물음에 지나가듯 '선생님이었어.' 하며 던진 말을 기억하고는 누구를, 무엇을 가르치고 싶었는지, 꿈을 이루었는지 궁금한 게 많다.

그러고 보니 아이에게 커서 어떤 사람이 되고 싶은지, 꿈이 무엇인지 질문만 했지 나의 과거에 대해, 내가 꿈꾸던 삶에 대해 이야기를 해준 적이 없었다.

나의 꿈은 무엇이었나? 나는 꿈을 이루었나? 39살의 나는 꿈을 잊고 살고 있는가? 잊고 싶었던 것일까?

대학 4학년 무렵 친구들과 선배들이 하나 둘 휴학을 하거나 유학을 가며 미래를 준비할 때 어린 동생들이 있어 한 명이라도 빨리 대학 졸업을 하길 바랐던 부모님의 눈치에 휴학의 허웅도 꺼내보지 못했다.

즐거웠던 3년의 대학생활과 달리 암울한 4학년이 시작되었고, 어떻게든 학교에서 벗어나고 싶었다. 그렇게 찾은 방법은 취업이었다. 그러나 4학년 1학기 재학 중인 학생을 받아줄 곳을 찾기는 결코 쉽지 않았다. 생각했던 몇 가지 조건을 포기하고 대학방송국 활동 경력으로 작은 기업의 사내방송실에 취업을 했다.

그 시절 나의 꿈은 신문사의 기자, 라디오방송국의 아나운서가 되는 것이었다. 사내방송실에서 근무하며 꿈을 이루기 위한 발판을 만들리라. 도약을 위해 준비하는 시간이 될 것이라며 스스로를 다독였다. 그렇게 첫 직장 생활이 시작되었다.

여자들만 모여 있는 근무환경에서 미묘한 감정 전쟁들이 있었지만 생각보다 수월하게 적응했고, 망각의 동물답게 현실에 안주하며 나태해졌다. 꿈을 이루기 위한 도전은 지지부진해졌고, 허송세월을 보내고 있다는 심리적 불안감에 대한 보상으로 퇴근 후 여러 가지 잡다한 것들을 배우면서 스스로를 위로했고, 취준생으로 부모님의 짐이 되는 것보다 백번 낫다며 합리화했다. 이렇게 꿈을 점점 잊게 되었다.

시간이 흐른 어느 겨울날, 여느 때와 다름없이 출근을 하며 생각했다.
'이제 그만둬야겠다.'
당시 최고참이라 누구 하나 간섭하는 사람이 없었으며 익숙하다 못해 눈감고도 할 일이라 불편함이 없었기에 모두가 만류했지만 과감히 첫 직장을 퇴사했다. 거창한 이유도 계획도 없었다. 퇴사 후 배낭여행을 간다거나 못다 한 공부를 하는 등의 계획도 없었다. 그저 반복되는 무료한 일상에 마침표를 던지고 싶었다.

야심 차게 퇴사한 지 한 달도 채 되지 않아 재취업을 했다. 성격이 팔자를 만든다더니 시간만 흐르고 있다는 걱정에 누가 등 떠미는 것 마냥 일자리를 찾아 나섰다. 그렇게 두 번째 직업인 선생님이 시작되었다.

그 후 결혼을 하고 몇 차례 직장을 옮기며 사회생활을 이어오다 큰아이를 임신하며 '집사람'이 되었다. 아무리 인생이 계획대로 되지 않는다지만, '집사람'은 생각조차 해보지 않은 일이며, 더군다나 육아는 전문분야가 아니었다. 정신없는 육아의 굴레 속에서 문득문득 내가 원하던 삶, 꿈꾸던 인생에 대한 생각에 잠기곤 했다. 이루지 못한 꿈에 대한 미련과 도전해 보지 못했던 순간들에 대한 후회가 밀려들 때가 있었다. 때로는 그때 그 시절처럼 반복된 '집사람'의 일상에 사표를 던지고 싶었다.

하지만 사랑하는 내 아이에게 사표를 던질 수 없었다. 그리고 알게 되었다. 이제 나의 꿈속에 아이도 함께 자라고 있다는 것을 말이다. 그래서 오늘도 최고는 아닐지언정 최선은 다하는 엄마가 되기 위해 노력하고 있는 나를 발견한다.

어린 시절의 꿈을 잊고 이루지 못하였지만, 지금 다시 새로운 꿈을 꾸고 있고 그 꿈을 향해 정진하고 있다. 또다시 이루지 못하고 과거형 꿈이 될지언정 이제는 알고 있다. 나의 인생에 쓸데없는 시간은 없으며, 모든 순간은 나를 위해 존재한다는 것을 말이다.

이제 아이의 질문에 대답한다.

"엄마에게는 많은 꿈이 있었고, 아직도 꿈을 꾸고 있어. 그리고 그것들을 위해 노력하고 있단다. 너도 행복한 꿈을 꾸고 그것을 이루기 위해 노력하는 시간과 과정들을 즐기기를, 꿈을 이루는 것보다 꿈을 꾸는 그 모든 순간이 소중하다는 것을 알아가기를 바라.

작전명! 착한 며느리,
멋진 딸 그리고 좋은 엄마

이영은

"사돈, 이렇게 참하고 예쁜 며느리 잘 키워주셔서 감사합데이."

예쁨 받는 며느리가 되고 싶어 감춰왔던 여우의 본색을 끄집어내서 혼신의 연기를 펼쳤다. 신랑 내조 잘하는 척, 아이들 잘 키우는 척 과대포장하기도 했다. 내가 봐도 오그라드는 내 모습이 어색했지만 참한 며느리의 이미지를 유지하기 위해 노력했다. 때로는 내 모습이 가증스럽기도 했지만 시댁의 리액션을 생각하며 스킬을 더 갈고닦았다.

한해 두 해가 지나고 며느리 십 년 차가 되자 변심을 한 것인지 현실을 어렴풋 느낀 것인지 나태해지기 시작했다. 해도 해도 며느리로서는 도저히 채울 수 없는 그 무엇의 정체를 알 길이 없었다. 기껏해야 본전이라는 불순한 생각도 들었다.

딸이 있으니 좋겠다는 지인들의 말에 친정엄마는 얘기한다.

"네~ 나이가 들수록 좋네요. 딸 낳았다고 어머님이 섭섭해하셨는데 이제는 딸이 제일 친한 친구가 되네요. 딸을 안 낳았으면 어떻게 할 뻔했어요~."

엄마의 말에 아들 선호에 대한 서러움이 단번에 씻겨 내려갔다. 오빠는 멀리 있으니 가까이에서 부모님을 지키고 보살펴야 할 사람은 나라고 생각했다. 이제는 내가 부모님의 보호자가 되어야겠다고 다짐했다.

오랜만에 만난 부부동반 동창 모임에서 남편은 둘이 있을 때도 하지 않던 이야기를 진심을 담아 얘기한다.

"우리 와이프 다른 건 몰라도 애들 잘 키우지."

남편의 칭찬에 육아정보에 더 매달리고 아이들에게 혼신의 힘을 다하려 했다. 육아는 끝이 없는 고행의 과정이지만 아이들에게 화를 내며 소리를 지르기라도 한 날은 좋은 엄마가 아니라는 자괴감에 빠지기도 했다.

참한 며느리, 멋진 딸 그리고 좋은 엄마가 내 모습이라 착각한 채 아등바등 달려왔다. 육아 우울증으로 예기치 못한 브레이크가 걸리던 순간, 깨달았다. 어느 곳에도 진정한 내가 없음을. 스스로 원하는 모습이 무엇이지 생각하지 못했다. 주위에서 그려준 대본대로 살아내고 있음을 안 순간. 그동안 무엇을 해도 성에 차지 않고 헛헛했던 이유가 어디서부터 온 건지 어렴풋이 알 것 같았다.

성인이라는 명목하에 내 의지대로 산다고 생각했지만 내가 누군지 무엇을 원하고 어떻게 살고 싶은지 알지 못했다. 인정받기 위해 그들이 말하는 작전명에 그대로 따르고 연기하고 있었던 것이다.

주위에서 말하는 이미지가 내 모습이라 착각했다. 그 모습과 비슷하지 않거나 모자라다는 생각이 들면 자책을 했다. 자신의 삶의 주연이 조연의

시나리오대로 살고 있다는 것을 깨달았지만 어떻게 내 삶을 찾아야 할지 갈피를 잡지 못했다. 늘 세상의 잣대에 맞춰 움직이기 바빴을 뿐 나만의 기준을 어떻게 잡아야 할지 아득하기만 했다.

"엄마 엄마는 세상에서 누가 제일 좋아요?"

아이의 뜬금없는 물음에 울컥한다. 한참을 생각하다 대답했다.

"엄마는…… 엄마를 제일 좋아하고 싶어."

뜸을 들인 내 대답이 채 끝나기도 전에 아이는 서둘러 말한다.

"엄마! 나도! 나도 내가 제일 좋아!"

해맑게 대답하는 아이의 미소가 눈부셔 눈물이 흐를 뻔했다. 알 수 없는 내 표정을 살피던 아이가 위로하듯 말을 이어간다.

"엄마 나는 내가 좋은 만큼 가족도 좋아요. 엄마도!"

당당하게 말하는 아이를 보며 내 모습을 비춰보았다. 내가 좋아하는 내 모습은 무엇일까? 내가 원하는 내 모습은 무엇일까? 엄마, 며느리, 딸, 아내 말고 내가 나에게 기대하는 건 어떤 모습일까?

나에게 속삭이는 질문들이 어색했지만 설레었다. 얼음처럼 단단하고 차던 마음 한구석에 온기로 이슬이 맺히는 듯했다.

누군가의 작정명대로 사는 삶이 아닌, 내가 주체가 되어 삶을 살아보고 싶다. 스스로 질문하고, 생각하고, 결정하는 힘을 기르고 싶다. 스스로 만족하고, 나와의 대화를 이어가며 스스로 다독이고, 성장하는 삶을 살고 싶다.

이제는 내 삶의 작전명을 내가 내리리라 활기차게 마음먹어본다.

사십춘기와 사춘기의 조우

최신애

나는 첫아이가 사춘기를 시작하기 전에 사십춘기를 시작했다. 바람 빠진 풍선, 말라버린 대궁처럼 몸과 마음이 쪼그라들었다. 한 달 동안 어지러웠고 좋은 것을 먹으려 애썼다. 가족을 돌보느라 흔해빠진 영양제도 귀찮다고 챙겨 먹지 않을 때는 건강이 영원할 줄 알았다. 마음도 헛헛하고 무기력했다. 뭐하나 뜻대로 되는 것도 없고, 제대로 해내지 못하는 나를 직면하기 싫었다.

어지럼증은 몇 주가 지속되어 괴로웠다. 앉아도 서도 누워도 세상이 빙빙 돌고 몸이 휘청거렸다. 대상 없는 원망이 올라왔지만 살뜰히 보듬고 공감해줄 사람이 없었다. 누구의 탓도 아니기 때문에 혼자 스산했다. 밝은 성격에 잔병 하나 없던 아내가 맥을 못 추니 남편이 어설프게 아이들을 돌보았다. 건강을 되찾는 게 급선무여서 양방과 한방치료를 겸했고 약을 제때 먹기 시작했다. 나를 잃지 않는 것이 모든 것을 얻는 시작임을 깨달았다.

몸을 추스르고 새 힘이 생기는 동안 굳게 결심했다. 건강을 찾으면 하고 싶었던 일을 원 없이 하기로 했다. 미용실에 가서 머리를 하고 새로운 교육 현장에 이력서를 냈다. 몸을 쉬는 것보다 어떤 일에 몰입하는 것이 진정한 휴식일 것이라 희망했다. 더 쉬고 싶은 게 아니라 달라지고 싶었기 때문이다. 당찬 면접 덕분인지 어렵던 기회를 얻었고 아이들을 가르치기 시작했다. 아이들의 즉각적 피드백에 점심을 걸러도 힘이 났다. 지금 생각해보니 나의 사십앓이는 '잊었던 쓸모에 대한 갈망'임에 분명했다.

내가 몸과 마음의 질서를 회복하자 아이는 자신의 목소리를 내기 시작했다. 여간해서 화를 내지 않던 아이의 변화는 당혹스러웠다. 시키는 것을 회피하고 더 굼뜨기 시작했다. 책을 많이 읽던 아이가 매체 사용시간이 늘고 과제를 미루기 시작했다. 취침시간이 늦어지고 논리적으로 반박했다.

부모의 품을 떠나 독립된 존재로 성장하는 과정이겠지만 인정하기 싫었다. 내가 '나'를 찾기 위해 애쓰듯 아이도 참지 않고 자신의 뜻을 관철시키는 중이었다. 실수와 실패를 연속하는 아이가 안쓰러워 조언을 하면 할수록 골이 깊어졌다.

일련의 사건으로 아이는 미련 없이 학교 밖을 선택했다. 아이의 결정에 동의하면서 후회하지 않기로 했다. 아이는 혼자 멀리 여행을 다니고, 세계 각지 요리를 찾아 만들고 악기를 배우며 성인들과 글쓰기를 배웠다. 느슨하게 공부하더니 검정고시를 이내 패스했고 입시가 아닌 실용영어를 배웠다. 우리나라 청소년 행복지수가 매우 낮은 것을 감안할 때, 아이는 누구보다 만족스러운 삶을 구축하고 있었다.

우리의 갈등에서 문제의 원인은 '남처럼 사는 게 안전하다'라고 믿는 나였다. 코로나 19가 발생하기 직전 여행을 다녔던 아이가 말했다. "뭐든 혼

142

자 해보니 더 용감해졌어. 무서운 게 별로 없는 내가 대견해"

자신의 길을 헤매며 찾아가는 아이를 지켜볼 때마다 글쓰기를 하지 않았더라면 매일 분출하는 활화산을 잠재울 수 없었을 것이다. 부글부글 끓을 때 글을 쓰면 바닥까지 내려가 감정의 실마리를 찾게 된다. 나의 치부를 직면하고 사과하고 대화를 이어가는 힘이 글쓰기에 비롯되었다.

《꽃들에게 희망을》에서 이유도 모르고 기둥을 오르는 애벌레가 나온다. 수백수천의 애벌레들이 만든 기둥 중 하나를 오르던 주인공 애벌레는 기둥 위에 아무것도 없다는 것을 알고 오르기를 그친다. 남들을 따라 행동하는 것이 어리석음을 깨달았을까? 다수가 추구하면 진리가 될 수 있을까? 많은 사람들이 안전하다는 길이 안전을 약속할까? 성공이 답이라는 세상의 공식에 맞춰 살아야만 할까?

나는 아이 덕분에 '남들처럼 살면 안전하다'는 생각을 내려놓고 나서야 불안을 떨치고 아이 편에 설 수 있었다. '남들처럼'이 아니라 '나다움'에 집중하면서 아이와 함께 더 성장했다. 그리고 용감한 딸아이 뒤에 숨어 인자한 엄마 코스프레를 하며 글을 쓰고 있다. 쫄보인 것을 숨기고 말이다.

혼자가 아닌, 같이!

이혜진

예상보다 긴, 끝이 보이지 않는 코로나 터널을 지나가고 있는 중이다. 감당하기에는 벅찬 고통도 있었지만 6명의 선생님들과 진행한 '나나책' 덕분에 극복할 수 있었다. 지금도 함께하는 프로젝트가 2개 더 있다. 프로젝트이기 때문에 개인의 필요에 따라 참여한다. 코로나 이전에는 대면 모임을 했고 요즘은 비대면으로 진행한다. 하브루타라는 공통 주제로 모인 사람들인 만큼 고민도, 상황도 유사하여 '척하면 척'이다.

나이가 들수록 마음 맞는 사람을 만나기가 힘들다고 한다. 나를 있는 모습 그대로 이해해 주는, 하하 호호 즐거움을 느끼는, 영원히 함께하며 내 편이 되어줄 것만 같던 관계와는 다르다. 순수함보다는 이해관계를 따지다 보니 내 마음과 맞는 사람을 만나기가 쉽지 않다. 그녀들과 함께한 지 2년이 지났다. 처음부터 마음의 문을 열었던 것은 아니다. 새로운 사람을 만나 인간관계를 살펴야 하는 것보다 지금 내 곁에 있는 사람들에게 집중하자는 마음이었다.

"우리 밥 먹으러 가려는데 같이 갈래요?"

하브루타 스터디가 끝난 후 한 선생님이 물었다. 가족들, 친한 친구들과 먹는 것이 아니라면 한국인에게 밥을 같이 먹는 것은 특별한 일이다. 밥의 의미를 이전에는 깊이 따져보지 않았다. 지금까지는 단순히 같이 공부하는 스터디 구성원이었다면 이날을 계기로 마음을 나눌 수 있는 '식구'가 된 느낌이었다. 그 이후로도 여러 번 밥을 같이 먹었다.

성인이 되고 난 후에 만난 사이였지만 나에게 도움이 될지 안 될지 따지지 않는다. 꾸미지 않고 가감 없이 보여준다. 아닌 건 아니라고 솔직하게 말한다. 경쟁하는 마음이 아니다. 상대방에게서 배울 점은 내 삶에 적용시킨다. 각자의 길을 힘차게 뻗어나갈 수 있도록 격려한다. 앞에서 끌어주고 뒤에서 따라간다. 대부분 마감에 임박해서 제출하지만 과제에 충실히 했다는 것만으로도 모두가 너그러운 마음이다. 이런 우리를 떠올리면 배시시 웃음이 난다. 짧은 시간 안에 이토록 마음이 움직인 이유는 무엇 때문일까.

오소희 작가의 《엄마의 20년》책에는 '활동 공동체'에 관한 이야기가 나온다. 혼자서는 꾸준하기가 어려우니 공동체를 만들어 함께 해보라는 내용이다. 우리가 떠올랐다. 혼자라면 시도조차 해보지 않을 일들을 하고 있다. 홀로 도전한다면 돌부리에 여러 번 걸려 포기했을 법한 일들도 함께하기 때문에 도움을 요청할 수 있고, 이겨 나갈 수 있다. 나의 부족함은 다른 선생님이 채워준다. 칭찬을 퍼붓는다. 어떤 일도 함께라서 해낼 수 있다는 자신감이 생긴다. 이런 이유로 이제는 혼자서 하려고 하지 않는다. 같이 할 수 있는 일이라면, 꾸준히 하고 싶은 것이 생기면 의견을 내놓는다.

우리와 같은 모임을 만나는 것은 어렵지 않다. 먼저 하고 싶은 것을 떠올려보자. 스터디, 공방, 온라인 클래스 등 배울 수 있는 곳은 다양하다. 나에게 맞는 것을 찾으면 된다. 얼굴을 마주하는 오프라인을 추천하지만 코로나 또는 나의 상황에 따라 온라인 모임에 참가해도 괜찮다. 다양한 곳에서 모인 사람들과의 만남을 통해 다양한 길을 만나보길, 즐거움을 찾길, 새로움을 접해보길 바라는 마음이다.

백희나 작가의 그림책 《알사탕》의 주인공 동동이가 마지막 남은 투명한 사탕을 먹고 친구에게 말을 건다.

"나랑 같이 놀래?"

마음에 맞는 모임에 간다면 그림책에 나오는 동동이처럼 먼저 말을 건네 보는 것은 어떨까.

"끝나고 같이 밥 먹을래요?"

혼자가 아닌 동행할 수 있는 시작점이 될 것이다.

전업주부는 시간의 CEO

　남녀노소 빈부고하 권력유무에 관계없이 누구에게나 공평한 것은 시간
이다. 생의 주기에 따라 시간 사용이 달라진다. 영유아기 때는 시간을 거
의 무한대로 느끼며 살고, 초등 입학 후는 학교 스케줄 때문에 시간 활용
에 제한을 받기 시작한다. 제한을 많이 받는 고단한 중고등 시절을 거쳐,
자유로움은 있으나 자발적 제한을 하는 대학 시기를 지난다. 직장 생활을
할 때는 하루 24시간 중 3분의 1은 일에 매여 있으니 시간의 속도가 말 그
대로 이십 대에는 20km, 삼십 대에는 30km, 사십 대에는 40km……와 같
이 가속도가 붙는다.

　그런데 육아라는 시기에 도달하면 시간의 가속도는 브레이크가 걸린
다. 아이 양육을 위해 직장 생활을 마무리하고 100프로 자의적 시간의 주
인이 된 것이다. 백 프로 자의적 시간이라지만 전업주부가 되어본 사람은
안다. 웃지만 슬픈 심정을. 시간에서 제법 자유롭지만 자유롭지 못한 딜레
마를 경험한다.

147

나는 게으른 듯 게으르지 않다, 하루를 마무리하며 되돌아보면 게으른 하루를 보낸 것만 같다. 몇 시까지, 혹은 오늘까지 꼭 마무리 지어야 하는 일이 아니다 보니 자꾸 미루게 된다. '해야지 해야지' 하면서 분명히 해야 할 일임에도 강제성이 없어서 벌어지는 일이다. 이렇게 시간을 허투루 보낸 날은 저녁이 되면 가슴이 허하다. 하루 종일 종종거리긴 했는데 손에 잡히는 게 없다. 직장 생활은 월급으로 열심히 살았던 시간에 대해 확인받기나 하지. 어쩌면 게으르지 않는 성격이 이런 허함을 만들어내는지도 모른다. 무언가를 꼭 가시적으로 해내야만 할 것 같은 부담감. 아무것도 하지 않으면 아무것도 아닌 것 같은 압력. 그 속에서 나의 무가치함을 확인받는 것 같은 저녁은 가끔 우울하다.

아이들에게 손이 많이 가는 영유아기 때는 공허할 새도 없었다. 아이들이 조금씩 자라 엄마 손을 벗어나기 시작하자 서너 시간의 여유시간이 생겼다. '그날 먹을 충분한 식량만 있으면, 수렵이나 채집을 나가지 않았던 원시사회처럼 살면 어떨까'라는 꿈을 꾸어보지만, 2021년 현대사회가 내가 살고있는 현실이다. 뭘 좀 배워볼까 두리번거리지만 나의 배움에 지불할 경제적 여유가 없다. 가성비를 생각하고, 몸담았던 직장의 전문성을 고려한 배움을 시도해 보려 하지만, 잠시 허락된 오전 시간으로는 이가 맞지 않는 톱니바퀴처럼 시간을 맞출 도리가 없다.

이런 나에게 묻지도 따지지도 않고 함께해 준 친구가 책이다. 책이 있어 행복했다. 사실 10여 년 전만 하더라도 시립도서관이 전부였다. 책을 빌리기 위해선 먼 거리를 가야 했고, 대출기한도 넉넉하지 않았다. 보통 정성이 아니면 책을 가까이 하기 어려운 환경이었다. 하지만 지금은 시립뿐만 아니라 구립도서관, 동네 곳곳에 파고든 사랑방 같은 작은도서관이 많아졌다. 접근성도 좋고 시설도 쾌적하다. 이곳에서 나의 두서없는 책 읽기가 시작되었다. 읽기에 집중이 안 되는 날은 할 일 없이 서가를 거니는 것도 참 좋았다. 수많은 책의 제목을 주르륵 훑어 읽어가노라면 호기심이 일기 마련이다.

무작정 읽다가 어느 순간 읽었던 책을 다시 꺼내 펴는 경우도 있었다. 읽다 보면 친숙한 느낌에 언젠가 읽었던 책이구나 싶었다. 그제야 읽는다고 다 읽는 것이 아니라는 것을 깨닫는다. 그러면 또 어떤가? 책속에 파묻혀 행복한 그 순간이면 충분하지 않은가?

나는 하브루타를 하는 사람이다. 하브루타란 짝과 함께 질문과 대화를 통해 토론하고 논쟁하는 유대인 전통 학습 방식이다. 무작정 책을 읽어 내려가던 옛 습관에서 벗어나 요즘은 읽고 감동되는 부분이나 새롭게 알게 된 사실들은 살짝살짝 메모를 한다. 그리고 스스로에게 질문을 던져 본다. '왜 이 구절이 나의 마음을 사로잡았을까?' 이 작은 질문은 마음과 생각의 결을 따라 꼬리에 꼬리를 물고 이어진다. 이건 나와 하는 하브루타인데 짝과 하면 짝의 마음과 생각만큼 더 풍성해진다.

모든 것은 동전의 양면과 같다. 나는 내 시간의 주인이다. 우리는 '육아에 매인 여자의 삶'이라는 부정적인 이미지에 나를 맞춰 우울한 시간을 만들어갈 것이 아니라, 육아를 하는 여자라서 가질 수 있는 최고의 수혜를 스스로 찾는 멋진 CEO가 될 수도 있다.

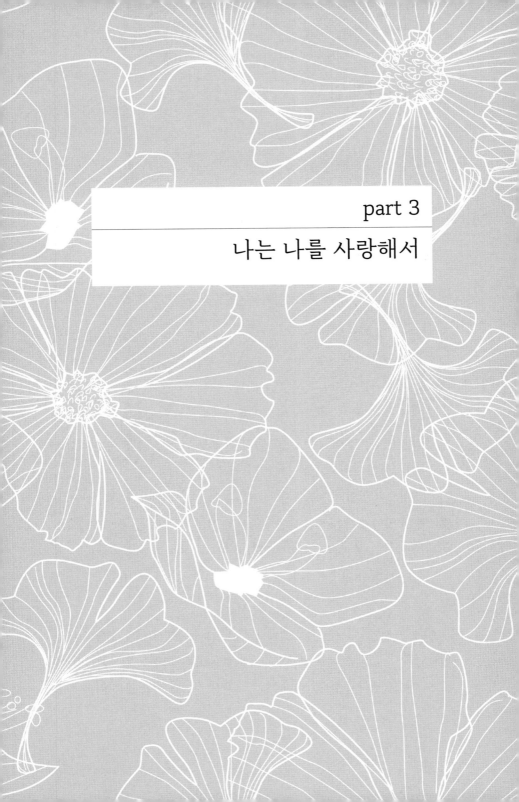

part 3

나는 나를 사랑해서

종합 외계인

김명숙

나는 왜 결혼을 완성형으로 착각했을까? 결혼이란 사랑하는 이성과의 교제를 전제로 하고, 드라마나 영화에서는 사랑하는 사람과의 그 어떤 일도 해피엔딩이었으니까. 적어도 그때는 그런 관점으로만 모든 매체들을 접했으니까. 사랑하는 사람과의 일상을 세세하게 그려볼 생각조차 하지 않았다. 나의 엄마와 아빠도 엄마 아빠이기 전 부부였음을! 그 두 분의 일상을 좀 더 세심하게 살펴보고 생각해 봤더라면!

시대착오적 말일지도 모르지만, 결혼을 하고 그냥 살아야 하니 살았다. 물건을 구입하고 마음에 안 들면 반품하듯 쉽게 무를 수 있는 그런 영역은 아니잖은가. 요즘 비혼 주의의 사람들이 많은데 거기다 기름을 끼얹는 말처럼 들릴지 몰라 정정하자면, 결혼이 아주 나쁜 것만은 아니다.

조율이라고 하면 피아노가 생각난다. 피아노는 많이 연주할수록 소리가 아름다워지고, 또한 1년에 한 번은 조율을 해줘야 고장도 없을뿐더러 더 깊은 소리를 낸다고 한다. 정기적으로 조율을 하려면 적지 않은 비용이 들지만 하지 않을 수 없다. 제때 조율을 하지 않으면 나중에 엄청난 수리비가 들지도 모른다.

결혼은 나의 삶에 피아노와 같다. 크고 작은 일들로 서로 감정의 생채기를 낸다. 화해와 용서라는 조율을 하며 10년 남짓 살다 보니 그 남자도, 그 여자도 이제 조금 사람다워졌다. 무엇보다 결혼을 통해 보석 같은 두 명의 자녀들이 우리에게 왔으니 결혼은 해볼 만하다. (빠듯한 살림에 늘 종종거리는 나를 보며 친정엄마는 보석이 따로 있는 게 아니다. 자식이 보석이다 늘 말씀하십니다. 그래서 나는 두 아이를 보석으로 여기며 살아갑니다.)

아…… 그런데…… 금성에서 온 첫 번째 남자와 좀 맞아가나 싶으니 화성에서 온 그녀(내가 화성에서 온 것 같이 딸아이도 화성출신), 같은 행성 출신이라 편하리라 생각했는데, 만만치가 않다. 화성에서 온 그녀는 그렇다 치자, 금성에서 온 두 번째 남자, 어렵다. 갈피를 잡을 수가 없다.

남편과 나의 결혼이 피아노와 같다면 두 아이는 피아노를 연주하는 피아니스트들이다. 미국의 어느 보고서에 따르면 음악이란 타고난 재능과 더불어 24퍼센트 정도의 노력으로 완성된다고 한다. 남편과 나의 결혼 성립이 하나님이 주신 불변의 영역에 속한다면 우린 24퍼센트의 노력영역을 위해 움직여야 하는 것이다.

'노력'이라는 것이 어디 쉽나. 노력해서 결과가 좋다면 노력한 보람이 있지만 일상에서 겪어야 하는 노력은 감정의 롤러코스터 그 자체다. 개성을 가진 네 명의 인격체가 한 집안에서 만들어 내야 하는 화음. 한때 남편과 내가 암수 사자 같다는 생각을 참 많이 했다. 한낮의 노곤한 햇살에 두 마리가 평화롭게 팔다리 척 걸치고 누워 있을 때는 언제고, 으르렁 거리며 서로 포효할 때는 또 무엇인가. 동물의 왕국이 따로 없다.

　시간은 힘이 세다. 10년 남짓 매일같이 함께 지내다 보니 금성에서 온 그 남자는 이제 어느 누구보다 나에게 익숙하고 편안한 사람으로 변해 있다. 봄, 여름, 가을, 겨울 사계절의 흐름이 있다. 태어나고 죽는 거스를 수 없는 삶의 흐름이 있다. 물은 거슬러 흐르지 않는다. 동력기를 이용해 중력을 거슬러 물의 위치를 바꾸기도 하지만 결국 물은 중력의 법칙대로 흘러간다.

　자녀들이 유아기를 벗어나 점점 자란다. 어느덧 가정 안에 '늘 함께'가 아닌 '따로 또 같이'의 상황이 종종 생겨나기 시작하면서 새로운 균형점을 만들어 가고 있다. 40대라는 가장 힘쓰이는 시기를 남편과 나는 함께 걸어가고 있다. 그 사람이 함께여서 좋다. 인생은 기브 앤 테이크라 생각했다. 영 손해 본 것 같은(서로 자기가 손해를 보았다고 생각함^^;) 치열했던 결혼 초기를 지나고 보니 이제 항상 내 옆자리에는 금성에서 온 그 남자가 있다.

　맛있는 거 먹을 때 가장 먼저 생각나고, 좋은 곳 보면 사진 찍어 가장 먼저 보내는 사람. 힘들고 지칠 때 가장 먼저 SOS를 보낼 수 있는 사람. 금성에서 온 그 남자다.

너의 두발자전거

성연경

큰아이가 여덟 살 어린이날 선물로 자전거를 받고 싶어 했다. 주택 밀집 지역이라 타는 게 수월하지 않고 위험할 것 같다는 이유를 대며 계속 미루던 일이었다. 주위에 자전거를 타는 친구들이 많아지면서 아이는 아빠를 설득하기 시작했다. 보호 장비를 잘하겠다는 약속을 받아내고 자전거를 구입했다.

아침잠이 많은 아이가 스스로 일어나 자전거 연습을 하기 시작했다. 코로나로 온라인 수업을 듣게 되니 등교에 대한 부담도 없었다. 아침마다 좁은 주차장을 몇 바퀴씩 돌며 자전거 연습을 계속했다. 능숙하지 않으니 넘어지기도 하고 벽에 긁히기도 했지만 아랑곳하지 않고 열심히 하는 모습이 기특했다. 첫째의 모습에 덩달아 작은아이도 자전거 삼매경에 빠졌다. 자전거의 크기도 아이들의 덩치도 다르지만 서로를 선의의 경쟁자로 여기며 의욕을 불태우니 대견했다.

보조바퀴가 달린 자전거가 능숙해질 때쯤 아이의 목표는 보조바퀴를 모두 떼어내고 두발자전거를 타는 것이 되었다. 그런데 두발자전거를 연습하기에는 주차장이 협소하고 위험했기에 쉽사리 바퀴를 떼어내지 못했고, 자전거 두 대를 넓은 곳으로 이동하는 것이 수월치 않아 차일피일 미루었다. 자전거가 타고 싶다고 하면 킥보드 타기나 공놀이로 유도했다. 잠시 잠깐 넓은 공간에서 타게 되어도 보조바퀴를 떼고 연습시킬 엄두를 내지 못했다. 시간은 흘러가고 여름엔 너무 더워서, 가을엔 다시 시작된 코로나로 겨울엔 춥다는 핑계로 한 해가 지나고 아이는 아홉 살이 되었다.

얼마 전 잔디가 넓게 펼쳐진 공원에서 친구의 두발자전거를 보더니 타 보고 싶다고 했다. 마침 남편과 함께 있던 터라 아빠가 도와주겠노라 하며 자전거를 빌려 연습을 하러 갔다. 잠시 후 부르는 소리에 가보니 아이 혼자 두발자전거를 타고 있는 것이 아닌가. 아이는 몇 번의 시도 만에 성공했다고 한다. 그런 아이를 보며 마음이 뭉클했고 대견했다. 금세 해내고 잘할 수 있는 아이에게 더 빨리 경험시켜 주지 못한 미안함이 몰려왔다. 스스로 해냈다는 성취감으로 신이 난 아이를 힘껏 안아주며 온갖 칭찬을 해주었다.

그날 아이는 감각을 잃지 않으려 해가 지도록 연습에 매진했고, 넘어져 상처가 나도 주저하지 않았다. 그 모습을 바라보며 생각에 잠겼다. 보조바퀴를 떼어내고 흔들리고 넘어짐을 반복하며 때론 상처가 나도, 그것이 아무는 과정을 반복하다 결국엔 힘차게 원하는 곳으로 달릴 수 있듯이, 어느 날 아이는 나의 품 안에서 세상을 향해 한 걸음씩 나아가고, 세상에 맞서고 견디는 방법을 스스로 익히고 어느 순간 자립하겠지. 그때 아이의 뒤에서 묵묵히 응원하며 지지해 주어야겠지.

이런저런 생각 끝에 덜컥 겁이 났다. 아이를 보호한다는 이유로 품 안에 가두고 있는 것은 아닌지, 오늘의 두발자전거처럼 내가 생각한 것보다 더 많이 성장했음에도 나의 잣대로 아이를 붙잡아 경험이 늦어지고 성취할 수 있는 기회를 놓치고 있는 건 아닐까? 먼저 살아본 경험만으로 안내하고 있는 이 길이 최선이 아닌 것은 아닐까? 온갖 생각들로 걱정이 밀려왔다.

세상을 다 가진 표정으로 달려와 품에 안기는 아이를 보며 마음을 다잡고 다짐했다. 나의 손을 벗어나 스스로 할 수 있는 것들이 많아지고 자신의 목소리를 내는 아이에게, 부모라는 이유로 옳고 그름의 기준을 내가 정하는 오류를 범하지 않고, 쓸데없는 지적들로 소중한 시간을 낭비하는 일이 없도록 해야지. 세상이라는 활주로에 아이의 두발자전거가 첫발을 내디딜 때 꿋꿋한 지원군이 되어주고 시행착오를 겪을 땐 든든한 버팀목이 되어주어야지. 그리고 오롯이 본인만의 삶을 살아갈 땐 가깝지도 멀지도 않은 위치에서 조용한 방청객이 되어야지.

결국은 스스로 그려야 하는 아이의 아름다운 인생을 엄마라는 이유로 코디하려 하지 않도록 오늘도 마음에 새긴다.

너를 믿는다는 것,
나를 믿어야 한다는 것

이영은

"아이는 부모가 믿는 만큼 자랍니다."

"부모의 가장 큰 역할은 아이를 믿고 기다리는 겁니다."

육아 고수들의 말에 고개를 끄덕이며 다짐한다. 굳게 믿기만 하면 내가 원하는 아이의 모습을 볼 수 있는 마법이 생기지 않을까 기대하며 반복하여 뇌리에 새긴다.

"학교 가야지~ 일어나자! 이 닦았니? 샤워할 시간이야~! 준비물은 챙겼어? 알림장 가지고 와야지~!"

매일 쏘아 올린 질문에 아이는 화를 유발하는 비수로 돌아오기 일쑤이다.

"아함~ 히잉~ 오늘 학교 안 가! 더 잘 거야."

징징거리는 아이의 말투에 일찍 일어나 아침 준비하고 부산을 떨던 내 모습이 억울해진다.

"양치하기 싫은데…… 양치는 왜 맨날 해야 돼요?

가끔씩 하지도 않고 했다고 거짓말을 하다 들키기도 한다. 차라리 거짓

말을 안 하고 양치를 안 하는 게 나은 건가 하는 착각이 들기도 한다.

"아…… 샤워하기 싫은데…… 내일 하면 안 돼요?"

입 내밀고 들어가 시작한 샤워는 따뜻한 물로 몸 적시기만 십오 분째다. 학교 숙제에 지구를 지키기 위해 물을 아껴 써야 한다고 거침없이 쓰던 당당함은 어디서 나온 것인가.

"아! 알림장 학교에 놔두고 왔다! 준비물은 없었던 것 같아요."

누구나 실수는 할 수 있다 하지만 긴가민가한 애매한 대답에 속은 더 답답해진다.

나도 아이를 누구보다 간절히 믿고 싶다. 눈을 씻고 봐도 믿을 구석이 안 보일 땐 어찌해야 하는 것인가.

참고 기다리며 믿으면 바뀔 거란 말을 더 이상 믿고 싶지 않다. 뾰족한 수가 없을까 다시 한번 육아서를 찾아보고 육아의 신인 오은영 박사님의 오디오 클립을 재생한다. 내 행동도 반복 재생이 된다. 보고 들을 땐 고개를 끄덕이며 다짐하고 되새긴다.

찌그러진 현실과 마주칠 때면 정말 통하는 방법인지 나에게 체득되지 않는다. 아이에 대한 믿음의 시작은 어디서부터 어떻게 시작해야 하는 것인지 도무지 알 길이 없다.

며칠 조용하다 했다. 다시 시작된 아이와의 신경전에 쌓였던 감정 찌꺼기를 마구 방출해버렸다.

후회가 쓰나미급으로 밀려오지만 때는 늦었다. 집 나갔던 정신이 돌아온 건 아이의 초라한 눈빛과 마주친 순간이었다.

"엄마는 너를 믿어…… 그러니 우리 서로 노력하자. 알겠지?"

"엄마……."

"응……."

"엄마는 정말 나를 믿어요? 내가 싫죠? 괜찮아요…… 나도 이해해요."

절망스러운 내 눈빛을 읽은 것인지 아이는 믿고 싶지 않은 질문들로 나를 확인하려 한다. 당장 아니라고 말하고 싶지만 무슨 종류의 자존심인지 입 밖으로 말이 나오지 않는다. 아이를 믿고 있는지 믿고 싶은지 분간이 되지 않았다. 믿는다는 것과 믿고 싶은 것의 차이를 구분하지 못한 채 방황하고 있었던 내 모습들이 스쳐 지나간다.

아이는 느끼고 있었다. 엄마가 말로만 믿는다는 것을. 나의 눈빛과 표정과 말투는 의심투성이였다는 것을. 믿어야 한다는 강박으로 말만 뱉어내고 있었다. 다시 아이를 보며 마음을 가다듬고 얘기한다.

"너는 엄마 말을 안 믿니?"

비겁한 자존심에 아이에게 고작 되묻는 말이라곤.

"나는 엄마 믿어요."

"……."

'나도 나를 못 믿는데 네가 날 믿는다고?' 나도 모르게 말이 튀어 나올 뻔했다.

아이가 들었다면 받아쳤을 대사까지 생각의 꼬리를 문다.

'엄마는 자신도 못 믿으면서 나를 믿는다고요?'

상상으로 펼쳤던 아이와의 대화에 마음이 쿵 하고 내려앉는다.

누군가를 믿는다는 건. 자신을 믿는 일이다. 정작 나를 믿어볼 생각조차

하지 않은 채 아이의 모습만 맹목적으로 매달리고 변화를 기대하고 있었다. 나를 믿어주기 위해 노력하지 않은 채 믿어야지 하는 울타리만 치고 있었다. 막상 내 자신은 어떻게 믿어야 할지 갈피도 못 잡은 채 아이의 믿고 싶은 구석만 살피고 있었다.

아이를 믿고 누군가를 믿는다는 건 나를 믿는 다는 것이다. 나를 믿는다는건 흔들리지 않고 뚝심을 가진다는 것이다. 나의 뚝심을 굳건히 하기 위해 이제 아이의 행동보다는 내 행동과 말에 초점을 바꿔야겠다 다짐했다.

아이를 믿는다는 일. 나를 믿을 수 있는 일. 여전히 뚝심 있게 해나갈 대포는 부족하다. 하지만 파도가 밀려와 요동치다가도 다시 잔잔해지는 바다처럼 다시 돌아갈 자신은 있다. 뚝심 육아가 안 되면 우뚝이 육아라도!!

나는 나를 사랑해서 책을 쓰기로 했다

이영화

　내가 처음 글을 쓰고 싶었던 이유는 단지 명함에 스펙 한 줄을 더 넣으려는 이유에서였다. 공부를 시작하고 자격증을 따면서 어디든 빨리 강의를 해서 인정받는 강사가 되고 싶었다. 그래서 무작정 여기저기 강의계획서와 이력서를 뿌리기 시작했다. 지금은 직접 나서지만 언젠가는 먼저 나를 찾는 날이 있으리란 희망으로 홍보하기 시작했다. 다행히 하나둘 연락이 오기 시작하고 강의를 시작하게 되었다.

　강의를 하면서 강사에게도 등급이 있다는 걸 알게 되었다. 등급별 기준표를 보면서 전공은 하브루타가 아니지만 1급 자격증이 있으니 전공에 준한다. 그러나 석사 박사가 아닌 이상 등급표에 이름을 올리기엔 한계가 있었다. 방법을 고심하던 중 책을 한 권 쓰고 작가라는 타이틀을 얻는 것이었다.

　이때는 책 쓰기를 만만하게 보았다. 어떤 책이든 한 권을 써서 등급도 올리고 이력에 한 줄 채우기에 급급했다. 참으로 어리석은 생각이지만 그땐 절대 진리였다. 처음 운전면허증을 땄을 때 운전이 미친 듯이 빨리하고 싶은 것처럼 지금 막 자격증을 딴 햇병아리가 빨리 강의하고 싶고 뭔가를 이루고 싶었다. 당장 성공할 수 있을 것처럼 마음이 조급했다. 천천히 생각하고 공부를 해서 내실을 단단하게 쌓을 생각은 하지 않고 급한 마음이 앞섰다. 이렇게 무작정 책을 써야지라고 생각하며 2년을 보냈다. 아무것도 하지 못한 채로……

강의를 시작하며 선생님들과 이것저것 도전을 많이 했다. 무식하면 용감하다고 닥치는 대로 했던 거 같다. 덕분에 강한 성취감으로 2019년을 마무리하는 동시에 부푼 자신감으로 가득 찬 희망으로 2020년을 맞이했다.

근데 이게 무슨 일인지…… 어느 누구도 이런 세상이 올 거라곤 상상조차 하지 못했을 것이다. 코로나로 인해 전 세계가 들썩거렸고 셧다운이 들어가기 시작했다. 우리도 예외는 아니었다. 내가 살고 있는 대구에서 초반에 엄청난 수의 확진자가 쏟아져 나오기 시작했다. 한때는 대구가 봉쇄 될 정도였고, 많은 확진자로 타 지역에서는 대구를 기피하는 분위기마저 일었다.

2020년은 승승장구만 할 줄 알았는데 계획되었던 수업과 행사가 줄줄이 무기한 연장되었다. 그해에 초등학교를 입학한 아들은 학교가 뭔지도 경험하지 못하고 집에서 온라인으로 학교생활을 시작했다. 둘째도 예외는 아니었다. 막 일을 시작해서 뻗어나가야 하는 내가 집에 갇혀 있게 되니 이대로 잊힐까 걱정되고 24시간 밀착 육아를 하다 보니 점점 자존감도 사라지기 시작했다. 처음 육아를 시작하던 시절로 돌아가는 듯했다. 코로나로 신세타령을 하며 자존감 바닥을 치고 있을 때 친한 동생이 출판계약을 했다는 연락이 왔다.

'언니~ 나 계약했어!'라고 카톡이 왔다. 바로 전화해서 축하한다고 내가 더 기뻐하며 얘기해주는 게 맞는데 난 갑자기 얼음이 되었다. 동생은 첫째를 출산하고 몸조리하던 조리원 동기로 만나서 육아부터 시작해서 하브루타 공부도 같이하였다. 동생이 글을 쓰고 있는 것도 알고 있었고 얼마나 열심히 했는지도 알고 있었다. 글을 쓰고 투고를 하고 나서 얼마나 전전긍긍하고 있었는지도 안다. 하지만 계약을 했다는 동생의 연락에 나 자신이 너무 초라해짐을 느꼈다.

뒤바뀐 생활에 답답하고 무기력함을 느끼는 반면에 동생은 오히려 이 시간을 잘 이용해서 자기성장의 시간으로 멋지게 만들어 나갔다. 그 모습을 보며 축하하는 맘 뒤로 질투가 꾸물꾸물 올라왔다. 노력도 하지 않고 질투만 하는 내 모습이 한심스럽고 실망스러웠지만 이 질투가 나도 꼭 글을 쓰고야 말겠다는 원동력이 되었다. 코로나로 인해 주춤해 있었던 이 시간을 이용해서 자기성장의 시간으로 만들어야 겠다는 결심을 하고 필요한 공부를 하기 시작했다. 카톡에 대한 답은 바로 하지는 못했지만 친한 동생의 멋진 출간을 진심으로 축하해 주었다.

코로나가 어느 정도 진정이 되고 강의도 조금씩 할 수 있게 되었다. 숨통이 조금 트여지는 것 같았다. 우리들의 멈추었던 스터디도 조심스럽게 다시 시작했다. 사회적 거리두기로 등교 제한을 받는 아이를 돌보면서 대면 스터디를 하기에는 어려움이 많았다. 온라인을 이용한 비대면 강의 문화가 들어오면서 우리도 비대면 스터디를 시작하였다.

근데 왜 이리 불안한 것이지? 다들 2020년을 마무리하면서 뭔가 갈피를 못 잡는 듯했다. 2019년 마무리 때와는 달리 2020년은 뭔가를 한 거는 같지만 눈에 보이는 성취감이 없으니 2021년에 대한 희망도 없었던 듯하다.

영원히 으쌰으쌰할 것 같았던 우리의 모임이 점점 와해되는 듯한 불안감은 나만 받은 걸까? 뭔가 단단하게 묶을 수 있는 것이 필요하다는 생각이 들었다. 그래서 2년 동안 생각만 하고 실천에 옮기지 못했던 일을 한 번 해보기로 마음먹고 혜진 선생님과 무작정 신애 선생님을 찾아갔다. 일단 글을 쓰는 것을 배우고 싶었고 우리들의 이야기를 같이 책으로 펴내고 싶었다.

선생님과 서로의 이야기를 나누다가 갑자기 선생님이

"우리 책 제목 나왔네! '나는 나를 사랑해서 책을 쓰기로 했다.' 우리 이 제목으로 한번 가봅시다!."

제목을 듣는 순간 이거다 싶었다. 나는 나를 사랑하지는 않지만 지금부터 하면 되지 뭐라고 생각하며 '나는 나를 사랑해서 글을 쓰기로 했다'를 마음에 새겼다.

난 그길로 집에 돌아오며 선생님들 한 명 한 명 전화를 다 돌렸다. 의사를 묻는 게 아니라 거의 반강제로 하자고 했다. 무슨 욕심인지는 모르지만 한 명도 빠짐없이 다 같이 하고 싶었다. 다행히 선생님들도 흔쾌히 다 좋다고 해주셔서 우린 다시 뭉칠 수 있었고 나나책 프로젝트가 시작되었다.

나나책 프로젝트는 1년에 한 권 쓰기로 매년 우리들의 이야기를 글로 남기는 것이다. 지금 시작은 미미하지만 나중에 나비효과만큼이나 강력한 꿈의 소용돌이를 만들어 낼 거란 믿음으로 시작했다. 무식이 용감하다고 했지? 무지 가운데 쓰고 싶다는 욕망 하나로 덤벼든 글쓰기는 쓰면 쓸수록 어려웠다. 다른 선생님들의 글들은 다들 고급진대 내 글은 왜 이럴까? 평소에 독서를 많이 하지 않아서 그런가? 선생님들한테 피해만 주고 있는 건 아닌지 걱정도 되고 자신감도 많이 떨어졌다. 그래도 내가 지금 어떻게든 해보겠다고 쓰고 있는 건 우리 선생님들의 격려와 열심히 하시는 열정들 때문이다.

이제 나는 이력서에 줄 한 줄 더 채우려고, 친한 동생의 출간으로 인한 질투로 글을 쓰지 않는다. 내가 지금 글을 쓰는 이유는 글을 쓰면서 만나는 내가 좋아서이다. 글을 쓰면서 만나는 나도 몰랐던 내 마음과 만나는 시간이 좋아서이다. 글을 쓰면서 진짜 나를 사랑하게 되는 시간이 좋아서이다. 글을 쓰면서 오로지 나에게만 집중하는 시간이 좋아서이다. 글을 쓰면서 우리가 서로 알아가는 시간이 좋아서이다. 글을 쓰면서 우리가 서로 공감하고 격려해주는 시간이 좋아서이다.

N 잡러의 삶에 도전

이혜진

"직장을 다니며, 개인 사업을 하며 또는 일을 준비하며 이루고 싶은 꿈은 무엇이었나요?"

취업 준비생이던 시절, 목표는 두 가지였다. 하나는 기획팀에서 일해 보는 것이고 다른 하나는 회계·세무·기획 분야에서 정년까지 근무하는 것이었다. 경력 10년 차, 경력과 육아 중 선택의 기로에서 퇴사를 결정했다. 두 가지 목표를 모두 이루지 못하고 프리랜서 강사로 두 번째 직업을 갖게 되었다. 수업 현장에서 아이들과 만나는 횟수가 많아지면서 오랫동안 아이들과 이야기 나누는 모습을 희망했다. 하지만 이제는 N 잡러를 꿈꾸고 있다. 코로나19로 급변하는 세상을 보며 하고 싶은 일이 생겼다. 도전하고 싶은 마음이 꿈틀거린다. 가능성이 보이면 계획하고 의지만 확인되면 몸부터 움직인다.

일자리의 의미가 바뀌고 있다. 부모님 세대에는 정년까지 한곳에서 일하는 '평생직장'의 개념이었다. 이후 한 분야에 능통한 '평생 직업', 주 직장 외에 돈벌이의 이유로 '투 잡'을 가지는 사람도 생겨났다. 이제는 이를 넘어서 취미 활동을 기반으로 하여, 자아실현을 목표로 여러 개의 직업을 가진 'N 잡러'가 대세다. 그렇다면 나는 어떤 일들을 꿈꾸고 있을까. 전혀 생각해 보지 않았던 글을 쓰고 있으니 나의 모습이 궁금해졌다.

지금처럼 아이들과 대화하며 그들의 생각을 듣고 싶다. 더 정확하게는 같이 놀고 싶다. 신체 활동을 하기도 하고, 편안한 상태에서 마음속 이야기를 나누고 싶다. 아이들을 만나는 수업은 엉뚱한 이야기나 재미있는 상상 속으로 떠나기도 하며, 솔직한 마음을 나누며 감동을 받는다. 그래서 아이들과 함께하는 수업은 지속하고 싶은 마음이다.

지금처럼 글쓰기도 계속하려 한다. 생각을 글로 적어내는 것은 실로 엄청난 에너지가 쓰인다. 단어 하나에도 고민하고, 고뇌하여 한 줄 문장을 겨우 써 내려간 글이 누군가에게는 '나도 그랬어'하며 고개를 끄덕일 수 있으면 한다. 서해 바다의 파도처럼 잔잔한 감동을 일으키고 마음이 편안해지는 위로가 되길 바란다.

요즘 배우고 있는 마인드맵 또한 아이들과 대화하는 하나의 도구로 활용하고 싶다. 학습할 때는 설명하기로, 생각을 발산할 때는 자유롭게 쓰고 이야기할 수 있도록 돕고 싶다. 타인은 이해하지 못할, 있을법한 상상을 떠올리며 단어를 쓰고 그림을 그린다. 이런 멋진 생각을 했냐며 스스로 기특해한다. 입가에 미소가 번진다. 아이들과 이런 시간을 함께 하고 싶다. 정답 찾기 공부를 하는 요즘 아이들이 답이 정해져 있지 않은 마인드맵을 그리며 지친 마음에 조금이나마 힐링할 수 있는 시간 말이다. 자녀를 둔 엄마이기에 학습, 사고력, 창의력, 문제 해결력 등 미래의 인재상에 도움이 되길 바라는 속내는 아이들에게 내비치고 싶지는 않다.

마인드맵을 그리며 기획하는 일이 흥미 있고 잘 할 수 있겠다는 생각이 들었다. 마음이 가기 때문에 생각을 하고, 생각하기 때문에 질문을 하고, 질문하기 때문에 답을 찾게 된다. 답답한 마음을 종이에 적어가며 해결책을 고민한다. 적기 전에는 머릿속에서 뱅뱅 맴돌기만 했다. 마인드맵에 적어놓은 단어를 보면 한 발짝 뒤로 물러서서 지켜보게 된다. 나의 고민인데 내 것이 아니게 된다. 객관화가 가능하니 생각하지 못한 새로운 방법이 떠오른다. 시장성이 있을지는 모르지만 이미 제품화, 상품화되어 있는지도 모르지만 이런 생각을 한 나에게 어깨를 톡톡 쓰다듬어 줬다. 이쪽 분야를 공부해 사람들에게 도움이 될 수 있는 상품을 선보이는 것이 이루고 싶은 꿈 중 하나이다.

나는 즐거움을 위한 것은 변화를 선호하지만 그 외에는 안정적인 유지, 익숙함을 원한다. 이런 성향 때문인지 평생 직업을 원했다. 이런 내가 N 잡러를 꿈꾸는 모습이 색다르다. 다양한 분야에서 하고 싶은 것들이 생겨나서 놀랍다. 앞으로 환경에 따라 관심사가 달라지겠지만 기꺼이 받아들이고 도전하고 싶은 마음이다.

쓸데없는 배움은 없다

박지연

모든 인간에게 공평하게 주어지는 것이 하나 있다면 바로 시간이다. 하루 24시간을 12시간처럼 쓰는 사람이 있고 36시간처럼 쓰는 사람이 있다. 나는 눈을 떠 있는 시간만큼은 36시간처럼 쓰려 애쓴다. 특별히 목표가 있는 것은 아니나 하고픈 일이 생기면 먼저 발가락 끝부터 담근다. 잘 맞지 않는다고 판단되면 바로 빼고 호기심과 흥미가 지속되면 발목까지 시원하게 담근다. 그렇게 나에게 주어진 시간을 부지런히 쓴다.

마흔이 된 지 벌써 1분기가 지났다. 서른 입성부터 지금까지의 기록들을 살펴봤다.

첫째로 피아노 반주법이다. 초2 때부터 중2 때까지 피아노를 배웠다. 체르니 30번까지 배우고 모차르트, 바흐 등 섭렵했다. 체르니 100번까지는 할 만했지만 그 이후로는 엄마의 치맛바람에 못 이겨 영혼 없이 연주했다. 그로부터 15년 후 태교라는 명목 아래 다시 피아노 건반을 두드렸더니 손가락 마디마디 굳은 관절은 악보 위 콩나물 그림을 따라가는 뇌의 신호에 더디게 반응했다. 임신하면서 아이의 정서발달에 도움을 주고자 다시 누른 피아노 건반은 8년 배움의 허탈함을 주었다.

다시 피아노를 배우는 것보다 아이들이 원하는 곡을 즉흥적으로 연주할 수 있는 반주 법을 배우기로 방향을 바꿨다. 1년 동안 열심히 배우고 연습해서 코드를 익혔다. 그해 연말 피아노 선생님께서 주최하는 미니 콘서트에 참여해 그동안 연습한 몇 곡의 발표를 마무리로 레슨을 그만뒀다. 그때 배운 반주 법은 지금도 아이들과 집에서 음악 활동을 하는데 큰 도움이 되고 있다. 호기롭게 같이 산 기타는 피아노 모서리에 기대어 있지만 언젠가 연주할 날이 올 거란 희망으로 간직하고 있다.

둘째로 퀼트 바느질이다. 중고등 시절 싫어한 과목 중 하나가 '가사'였다. 그중에서도 바느질 수업이다. 홈질, 박음질, 휘감기 등 눈이 빠져라 쳐다 보며 애를 써도 반듯하게 되지 않아 실기 점수는 늘 C였다. 바느질은 죽어라 싫었고 평생 하고 싶지 않았다. 그랬던 내가 아이를 가지니 뭐든 다 만들어주고 싶었다. 아기도 엄마가 만들어준 인형은 본능적으로 더 애착을 가진다는 글을 보고 C급의 바느질 솜씨임에도 무모하게 도전했다.

선 따라 실을 꿰매면 되는데 15년이 지나도 어찌나 힘들던지 손가락을 수십 번 찔러가며 꿰매었다. 만삭에 손가락 마디마디가 퉁퉁 부어 목석같이 둔해지기 직전까지 쥐어 짜내며 했다. 태어날 아이를 생각하며 어려움을 참고 몽이 인형, 오뚝이. 애벌레, 기저귀 가방 등을 만들었다. 7세, 9세가 된 두 아들이 지금도 몽이 인형을 애착 인형으로 안고 다니는 것을 보면 그때 손가락 찔려가며 배운 시간이 헛되지 않았음에 혼자 미소를 짓는다. 정작 지금은 떨어져 나간 외투 단추 하나도 바로 꿰매주지 않은 엄마가 되었지만 말이다.

셋째로 중국어다. 피아노가 그랬듯 서당도 8년을 다녔다. 맞벌이를 하시는 엄마의 큰 그림은 한자는 핑계고 예절을 배우라는 것이었다. 나 어릴 적만 해도 맞벌이를 하는 가정은 드물었다. 저녁 늦게까지 가게를 운영하시다 보니 우리 삼 남매에게 쏟을 시간이 부족했다. 당신의 부재로 인해 아이들이 혹여 버릇없다는 소릴 들을까 봐 인사를 포함한 기본예절을 갖추는 것에 민감하셨다. 초등 저학년 때부터 하교하면 학교 건너 서당을 갔고 칠순이 넘은 훈장 할아버지께 매일 한자, 서예를 배웠다. 그렇게 《천자문》, 《명심보감》, 《사자소학》, 《동몽선습》, 《추구 집》 등을 배웠다.

문제는 피아노와 마찬가지였다. 중고등 학생이 되면서 교과서에 나오는 한자를 제외하곤 아주 흐릿하게나마 기억하는 한자가 없었다. 있다 해도 먹지가 나타났다 사라지듯 정확히 기억하지 못했다. 육아하면서 틈틈이 영어는 꾸준히 했지만 다른 언어를 공부할 시도는 하지 않았다. 영어도 잘하기 위해서 한 게 아니라 더 이상의 기억 손실을 최소화하기 위해 했다.

그러다 문득 10대에 문이 닳도록 드나들었던 서당이 떠오르며 그때 죽어라 배웠던 한문이 아깝다는 생각에 연계가 가능한 중국어를 배우기로 결심했다. 머릿속에 남은 한자가 《천자문》 책의 반의반도 없을 거라 생각했는데 막상 시작하니 팝콘처럼 기억이 났다. 그 덕에 나의 중국어 수업 진도는 기대 이상으로 빨리 나갔다. 게다가 도전정신은 가속페달을 밟듯 배운 지 3개월 만에 3급 시험에 도전했다. 동서남북으로 초등 저학년이 앉아있었지만 꼿꼿하게 허리를 펴고 당당하게 답안을 채워갔다. 결과는 선생님도 나도 기대 이상이었다. 딱 필요한 만큼 1년 배웠고 지금은 첫째 아이

중국어 학습지 시간에 세이펜 대신 내가 읽어주며 같이 배움을 이어간다.

넷째로 수납 전문가 과정이다. 어릴 적부터 정리를 잘하는 편이었다. 문제는 그 정리를 분기별로 한 번씩 마음속의 쓰나미가 요동칠 때만 한다는 것이다.

그러다 지인이 아파트 근처에 수납 전문가 과정 수업이 있다며 같이 듣자고 제안했다. 오전에 늘어지게 처져 있는 것보다 놀기 삼아 가면 좋을 거라 여겨 배웠고 2급 과정을 수료했다. 매주 숙제로 집안 곳곳을 정리하는 과제를 수행하면서 절실히 깨달았다. 직업으로 하겠다고 욕심부리지 말고 내 집 정리나 똑바로 하자고. 그때 배운 정리법이 집안을 정리하거나 분위기를 바꿀 때 큰 도움이 되었다.

다섯째로 블로그이다. 결혼하면서부터 영어 공부한 것, 영어 일기 쓴 것, 중국어 수업 시간에 배운 내용, 읽은 책 중 나중에라도 다시 기억에서 꺼내고 싶은 책 서평을 블로그에 기록했다. 아이들과 함께한 국내 여행의 흔적도 남겼고, 동남아시아에서 보낸 세 번의 한 달 살기 시간은 하루도 빠짐없이 담아뒀다. 아이들과의 여행 기록을 남긴 이유는 단 하나. 요즘은 핸드폰으로 사진을 찍지만, 예전처럼 인화는 잘 하지 않는다. 그래서 그날의 추억들이 희미해질까봐 블로기 속에 남겨두었다. 그 기록들은 우리 가족의 역사이자 자산이 될 것이며 언젠가 다듬어 우리 가족만의 책으로 펴내 간직할 계획이다.

지금도 진행 중인 것들이 있다. 늘 무언가를 배우는 나를 보며 또 시작이

냐고 하는 사람도 있다. 내가 무엇을 위해 이렇게 하느냐는 생각에 그만둘까 고민되는 순간도 있었지만, 엄마가 되며 답을 찾았다. 좀 더 나은 엄마가 되기 위해 배운 것이라고.

결과적으로 쓸데없는 배움은 없었다. 배움을 이어가는 것, 그것이 바로 내가 그려가는 무늬이다.

내 꿈의 가치는 내가 매긴다

최신애

    다양한 기회로 출간해보니 '책 쓰기'가 낭만적이지 않음을 알게 되었다. 글을 끄적일 때는 출간이 꿈이었다면 이제는 다르다. 알면 알수록 책 쓰는 일은 고된 과정임에 분명하다. 책을 기획하고 준비하는 과정도 힘들지만, 출간을 앞둔 원고 쓰기와 퇴고 과정은 더 복잡하고 까다롭기 그지없다. 출판사의 피드백을 기다렸다가 받아 고치고 보내기를 반복한다. 최종을 만들어가는 기간은 적게는 4~5개월이며 길게는 몇 년이 될 수도 있다. 출간 과정의 압박감은 오래 체한 기분 같다. 임산부가 막달까지 입덧이 가라앉지 않는 기분을 책 쓰기 과정으로 설명하는 편이 낫겠다.

    읽는 인구가 줄고 있다. 국민 평균 문해력이 떨어지고 있다. 출판시장은 위축되고 있지만 출간하려는 사람은 넘쳐나고 있다. 이런 분위기를 알면서 책 쓰기의 고달픔을 자발적으로 선택하는 나는 중환자임에 분명하다.

    이런 삶을 수년 전에는 상상하지 못했는데 원고 쓰기와 교정과 퇴고하기 강의 준비 등 작가적인 삶이 이제는 익숙하다. 글을 쓰려 자주 찾는 카페에 사장님은 주문하지 않아도 음료를 만들기 시작한다. 오후에 방문하면 내가 자주 찾는 창가 자리에 블라인드를 내려준다. 실내 온도가 맞지 않으면 냉난방도 척척 맞춘다. 나를 둘러싼 사람들도 어느새 나의 모습에 익숙해지고 있나 보다.

오늘도 어제처럼 험난한 원고 작업을 위해 아침부터 카페에 들러 커피 한잔 홀짝이며 집중하려는데 옆 테이블에서 낭랑한 소리가 들린다. 아이들 이야기를 시작으로 시시콜콜한 내용이 모데라토 빠르기로 쏟아진다. 수다의 주제는 마지막에 주식으로 귀결되었다. 들을 의도는 없었지만 들리는 것을 막지 않았다.

내용을 듣자 하니 이러했다. **주식이 오늘 대박 났다는 것이다. 남편이 소유한 주식의 주가가 치솟아 올랐다는 말과 함께 더 구매했더라면 더 많이 더 벌었다는 말이다. 대학원을 나오고 온갖 경험을 하고 강사를 해도 시간당 급여가 많지 않은데, 장이 시작한 지 몇 시간 안에 큰돈을 벌거나 잃을 수 있다니. 신문기사나 주식방송, 유튜브 채널에서 천만 원으로 10억 만든 사연 등 자극적인 섬네일이 넘치더니 옆자리에서 생생하게 증언하는 이를 만날 줄이야. 기분이 묘했다.

갑자기 배가 아팠다. 사촌이 잘되면 배가 아프기 마련인데, 일면식 없는 사람들의 성공담에도 배가 아팠다. 책을 한 권 쓰면 베스트셀러가 아닌 이상 2쇄를 찍기 어렵다고 한다. 물론 인세는 볼품없이 적다. 강의는 커리어를 쌓기에 유익해도 준비하는 시간이 많이 걸린다. 카페를 전전하며 애꿎은 시간을 쏟아 붓고 집안 살림을 마감 뒤로 미뤄두고, 아이들에게 반 조리 식품을 허용하면서 얻는 경제적 결과가 주식 대박에 비해 너무 초라해지는 순간이었다. 잠을 줄여가며 글을 쓰고 강의를 준비하는 일이 하찮아 보였다.

지금까지 취미로 글을 쓸 때 느끼지 않던 씁쓸함이 느껴졌다. 경제적 가치로 대조하면 나의 쓰기는 무의미한 게 사실이다. 초라한 글이 낡은 노트북에서 뱅뱅 돌았다. 잠시 잠깐이지만 무겁게 누르는 박탈감에 머리 뒤쪽이 욱신거렸다. 글쓰기를 멈추고 당장 옆에 테이블에 가서 어떤 종목이 괜찮은지, 그렇게 호기롭게 자랑하는 주식투자의 노하우는 무엇인지 묻고 싶어졌다. 눈앞에 있는 원고 나부랭이는 휴지조각처럼 치워두고 말이다. 내가 하는 노력의 절반을 주식 공부에 쏟는다면 우량주와 가치주, 기술주와 테크주를 넘나들며 매수와 매도의 달인이 될 수 있지 않을까? 나의 노력의 가성비를 몇 초 간 저울질했다.

내가 하는 일의 가치는 내가 정하지만, 시대와 맞지 않아 보일 때 괜히 더 억울하고 불쾌함을 느낀다. 글을 쓴다는 것, 책을 쓰는 것이 얼마나 가치가 있을까? 작가라는 이름으로 쓰기의 위력과 가치를 전파하던 나도 순간 흔들리는데, 범인으로 살면서 글쓰기에 열중하는 이들은 얼마나 흔들릴까. 대체 쓰기와 읽기, 책 쓰기에 어떤 의미가 있을까? 글을 함께 쓰는 이들에게 나는 어떤 가치를 전달해야할까? 오늘 아침 뒤통수를 관통한 호기로운 목소리에 감사하기로 했다. 나의 신념, 나의 가치관, 내가 추구하는 것을 다시 생각할 기회를 얻었다. 눈에 보이지 않는 것의 가치를 확신하고 있는지 점검해볼 기회를 만났기 때문이다.

옳다고 믿는 것에 브레이크가 걸리면 그때, 더 단단해질 수 있다. 그럴 때면 나의 현주소를 볼 수 있을 뿐 아니라 더 단단해진다. 제자리에 멈춰 질문하면 하나의 초점에 생각이 모인다. 초점은 아주 강력한 힘이 있다. 빛을 모아 열에너지로 만들어 검은 종이를 태우고야 만다. 읽고 쓰는 일은 결국 돋보기를 요리조리 움직여 빛을 모으는 과정이다. 발화점에 도달 하면 불이 난다. 결국 여러 번의 실패를 통해 초점을 찾을 수 있을 것이다. 아직 불을 경험하지 못해서인지 옆집에서 반짝 거리는 것에 혹할 뻔 했다. 반짝 거린다고 다 금이 아닌 것을 오늘 다시 배운다. 나는 지금 발화 직전 연기가 몽글몽글 나듯, 꾸준히 뜨거움을 쌓아가고 있는 중이다.

3부

내일이라는 이름

part 1

나를 찾아가는 길

엄마는 꿈이 뭐야?

이영화

"엄마! 엄마는 꿈이 뭐야?"

얼마 전 딸아이가 집에 돌아오는 차 안에서 갑자기 나에게 던진 질문이다. 요즘 화사의 〈마리아〉에 푹 빠져있는 딸아이는 자기의 꿈은 화사처럼 멋진 가수가 되는 것이라고 한다. 그러면서 엄마의 꿈도 궁금했나보다.

이전에도 나에게 이런 질문을 던진 두 사람이 있었다.

첫 번째는 결혼 전 다니던 회사의 팀장님이었다. 사무실에 둘만 남아 업무를 보고 있던 어느 날 마치 오랫동안 묻고 싶었다는 듯이 말했다

"너의 꿈이 뭐니?" 라고……

"네?"

온 몸이 마비가 되듯 경직되었다. 학교에서 가장 무서운 선생님 앞에 잘못을 하고 서 있는 기분이었다. 내 머릿속은 '뭐라고 대답해야 하지?', '왜 나에게 이런 질문을 한 거지?', '잘못 대답하면 어떡하지?', '난 아무 생각 없는데……' 등등 생각들이 꽈배기처럼 꼬여버렸고 빨리 이 자리를 피하고 싶은 마음뿐이었다.

이런 내 마음을 아는 듯이 팀장님은 미래에 대한 목표나 꿈이 없다면 모방으로 시작해보는 건 어떻겠냐고…… 모방해서 시작하다 보면 정말 내가 하고 싶은 것을 찾을 수 있을 거라고 조언을 했다. 그렇게 팀장님과 나의 대화는 끝이 났고 난 서둘러 사무실을 나와버렸다. 그 당시의 난 나의 과거나 미래 따위 중요하지 않았다. 하루하루 보내는 거에 만족하며 살고 있던 난 팀장님의 이야기를 이해할 수도 없었으며 왜 나에게 이런 말을 하는지 이해해보려 하지도 않았다.

하지만 이상하게도 팀장님과 나누었던 대화들 중 이 이야기는 항상 내 가슴 한구석에서 꿈틀거리고 있었다.

그렇게 시간은 지나고 난 팀장으로 발령을 받았다. 특별히 실적이 뛰어난 것도 아닌 내가 팀장으로 발령받을 수 있었던 건 지소 전체 야유회를 기획하는 과정에서 리더십을 인정받게 되어서이다. 팀장으로 첫 발령지는 다른 지역에 비해 주택가가 많은 지역으로 학습지 교사들뿐만 아니라 팀장들에게도 기피 지역이었다. 그런 이유로 다른 지소는 한 팀에 6, 7명 정도라면 우리 팀은 10~13명 사이였다. 초임 팀장인 나에게는 너무나도 벅찬 인원이었다.

무엇보다 난 팀장 재목이 아니었다. 이때까지 그저 그날그날 하고 싶은 대로만 살아온 나에게 갑자기 상부에서 내려오는 팀 목표 실적을 달성하기 위해 많은 팀원들의 요구 사항을 다 들어줘야 했으며 일이 잘 되든 잘 못 되던 모든 책임을 감당해야 했다. 교사 시절 인간적으로 좋아하고 따르던 팀장님들이나 소장님은 팀장이 되고 나서 보니 정말 날 좋아했던 것이 아니고 그저 나를 이용해 팀의 실적을 맞추려고 했던 수단이었다. 진심으로 다가갔던 팀원들마저도 실적을 높이기 위한 수단으로 대한다는 기분을 지울 수 없었다.

중간에서 중심을 잡지 못하고 갈팡질팡하던 나는 팀장 생활 내내 회사를 벗어날 수 있는 돌파구를 찾아 헤맸다. 그냥 던져버리고 나가버릴 수도 있었지만 나의 실패를 인정하고 싶지 않아서일까? 도망가는 것이 아니라 정당하게 그만둘 수밖에 없는 이유를 만들고 싶었다. 그러던 중 소개팅을 하게 되면서 지금의 남편을 만나게 되었고 일상에서 실패한 내가 결혼이라는 핑계로 멋지게 도망갈 수 있었다. 그렇게 나의 결혼생활은 시작되었다.

결혼을 하며 다시는 직장생활을 하지 않겠다고 다짐했다. 공무원인 남편은 큰돈을 벌진 못하지만 항상 일정한 월급이 있으니 거기에 맞춰 살면 된다고 생각했다. 그리고 두 아이가 나이는 2살 차이나지만 개월수로는 14개월 밖에 차이가 나지 않아 거의 연년생이랑 다름이 없었다. 이런 아이들을 키우다 보니 몸과 마음은 항상 지쳐있었고 다른 것을 생각할 여유도 없었다.

쉼 없이 돌기만 하다가 갑자기 엄청난 삶의 여유가 생겼다. 두 아이 모두 어린이집을 다니기 시작한 것이다. 아침 9시에 둘을 보내고 돌아오면 오후 3시 반까지는 나만의 시간이 생겼다. 처음에는 그 시간에 아무것도 하지 않고 멍도 때리고 멋진 브런치 카페에 가서 수다도 떨고 하는 것이 생활의 활력소가 되었다. 하지만 그것도 잠시 동안의 위안일 뿐 시간이 지날수록 어린아이들을 어린이집에 떼어두고 무의미하게 보내는 시간들이 아까워서 뭐라도 하지 않으며 안 될 거 같았다.

근데 막상 무슨 일이든 하려고 찾아보니 할 수 있는 일이 아무것도 없었다. 결혼할 당시 직장생활을 더 이상 하지 않겠다고 선언할 때와는 전혀 다른 상황이었다. 그땐 어디든 취직할 수 있는데 나의 선택에 의해서 하지 않겠다는 것이었지만 지금은 하고는 싶은데 내가 갈 수 있는 곳이 없어 못하는 것이다. 경단녀 얘기는 들어봤지만 실감하지 못했었다. 지금 내가 경단녀가 되고 보니 세상 어디에도 내가 일할 수 있는 곳은 없어 보였다. 오랜육아로 인해 나 자신이 너무 초라해 보였고 엄마들끼리 있을 땐 못 느끼던 자존감의 바닥을 실감하기 시작했다

어쩔 수 없이 난 파트타임으로 일할 수 있는 아르바이트를 찾아보았다. 최대한 사람들과 마주치지 않고 단순노동을 요하는 것들로 찾아보다 동네 마트에서 진열 채소 포장 아르바이트를 구한다는 광고를 보게 되었다. 근무시간도 조정할 수 있고 딱이다 싶어 남편에게 이야기를 했다.

"오빠! 나 아르바이트하러 갈래."

"갑자기 무슨 아르바이트?"

"요기 앞에 마트에서 진열 채소 포장 아르바이트 구한대, 나 거기서 파트타임으로 할려구."

나의 대답에 남편은 정말 한심하다는 듯이 나를 바라보며

"안 돼!"라고 딱 잘라 거절했다.

"왜 안 돼?"

"진짜 일을 하려거든 다른 일을 알아봐! 네가 좀 더 발전할 수 있는 일을!"

이 당시 난 남편의 진짜 마음을 알지 못했다. 그저 마트 알바를 하찮게 보는건 아닌지 의심스러웠고 지금 내가 이상황에서 뭐 어떤 발전을 할 수

있는 일을 하라는 건지 이해가 되지 않았다. 그저 내 마음을 헤아려주지 못하는 남편이 미울 뿐이었다.

"도대체 너는 꿈이 뭐니?"

몇 년 전 팀장님이 나에게 그랬던 것처럼 아무 예고도 없이 남편은 나에게 이 질문을 던졌다.

"5년 뒤, 10년 뒤 너의 계획은 뭐니?"

"어떻게 살고 싶니?"

남편의 질문은 파도처럼 몰려왔다. 난 제대로 대답도 하지 못한 채 파도에 휩쓸려 떠내려가고 있는 것처럼 어지러웠다. 빨리 파도 속을 허우적거리며 빠져나가고 싶었다.

항상 이 질문을 받으면 도망가고 싶어 하던 나에게 딸아이가 다른 사람들이 그랬던 것처럼 아무 예고 없이 질문을 던졌다.

"엄만 꿈이 뭐야?"라고.

하지만 이젠 도망가지 않는다. 당당히 딸아이에게 말할 수 있다. 엄마 꿈은 김미경이라고! 난 남편의 질문으로 인해 많은 생각을 하게 되었다. 살아오면서 나보다는 주위의 가족들에게 맞혀 살아오던 난 처음으로 오로지 나만을 생각하는 시간을 갖게 되었다. 스스로 배워서 아이에게 가르쳐 주고 싶어 시작한 하브루타가 엄청난 내 인생의 터닝포인트가 되었다. 하브루타를 하면서 진정 내가 좋아하는 것이 무엇인지 알게 되었고 좋아하는 것을 알고 나니 하고 싶은 일도 생겼다. 내가 좋아하고 하고 싶은 일을 하게 되니 실패가 두렵지 않았다. 예전처럼 실패했다고 도망갈 곳을 찾지도 않았다.

난 딸아이에게 당당하게 지금 엄마의 꿈은 김미경이 되는 것이라고 말해주고 싶었다.

"예전에 엄마 꿈은 현모양처였지만 지금은……."

"엄마! 현모양처가 뭐야?"

나의 꿈을 당당히 말하고 싶었는데 아이가 말을 잘라버렸다.

"음…… 현모양처는 아이를 잘 키우는 슬기롭고 현명한 엄마이고 좋은 아내라는 뜻이야~"라고 대답하니

"그럼, 엄만 꿈을 이루었네?"

"뭐라고?"

"엄만 우리를 잘 키웠으니깐 꿈을 이룬 거잖아~ 엄마 축하해!"

딸아이의 황당한 대답에 갑자기 왜 가슴이 뭉클해지는 걸까?

7살 딸아이에게서 나름 나도 괜찮은 삶을 살았구나라고 인정받을 것이라고는 생각도 못했지만 딸아이에게 인정을 받으니 어느 누구에게 받은 것보다 가슴이 따뜻해지고 행복했다.

생각하고 꿈꾸고 믿고 행동하기

이혜진

"어릴 적 내 꿈은 파일럿이었어. 고등학교 때 공군 사관학교 진학을 희망했는데 못 갔잖아. 요즘 집에서 비행 시뮬레이션을 할 때 많이 행복해. 이제 관제사와 대화하며 이·착륙 도 하니 실제로 비행기를 조종해 보고 싶어. 내 꿈 지원해 줄 수 있어?"

남편이 꼭꼭 묻어두었던 마음을 조심스레 펼쳐 보인다.

"응, 해봐."

학창 시절의 꿈도 알고 있었고, 소중한 꿈을 이루고 싶은 그 마음도 충분히 알고 있었다. 마흔이 넘은 나이에 자신의 꿈을 이뤄 비행기 조종사가 되는 남편의 모습을 상상했다. 새로운 인생을 살게 될, 비로소 자신의 인생을 살아가는 모습을 곁에서 지켜보게 된다니! 제3의 인생을 살고 싶은 신랑을 응원했다.

"지금 다니는 직장 그만두고 미국으로 가서 몇 년 동안 배워야 해. 배우고 생활하는 데 1억 넘게 들 거야. 지금 사는 아파트도 처분하고 더 저렴한 곳으로 이사해야 해. 조종 자격증 취득한다고 해서 파일럿이 된다는 보장은 없어. 나이가 많아서 못 할 수도 있거든. 그때 돼서 뭐 할지는 몰라. 놀 수도 있어. 그래도 뒷바라지해 줄 수 있어?"

"꿈이 있다면 해봐야지! 간절히 원했던 거 아니야? 그렇지만 내일 당장 사직서 제출하고 시작할 수 있는 건 아니야. 그 이전에 자금 계획도 세워야 하고 영어 공부도 미리 해둬야 해. 미국에 가서 영어 배우는 데 시간을 보 내면 안 된다고. 조종 수업을 들을 준비가 되어 있어야 해."

며칠 후 다시 이야기를 나누니 남편은 파일럿의 꿈은 접었다고 한다. 본 인의 꿈보다 현실적인 부분에서 단념한 듯하다. 대화를 나눈 후 꿈에 대해 생각해 보았다. 본인의 꿈을 직업으로 이루지 못한다면 꿈을 실현했다고 할 수 있을까? 목표를 달성하기 위한 노력은 헛된 것인가? 절실한 마음이 면서 부정적 결과를 예상하여 도전하지 않는다는 것, 꿈을 현실과 타협해 야 한다는 것은 나의 사고로는 포기가 아쉽기만 했다.

20대에 자기 계발서 분야의 책을 주로 읽으며 "꿈을 계속 간직하고 있 다면 반드시 실현할 때가 오지"라는 괴테의 말을 가슴속에 새겼다. 어떤 것에 깊은 애정이 있으면 가능하다고 믿었다. 좋아하는 것을 탐색했다. 하 고 싶은 것이 있다는 것에 감사했고 이루지 못할지언정 꿈이 있어서 뒤로 후퇴하지 않는 삶을 산다고 철석같이 믿었다. 지칠 때면 꿈을 꺼내어 보았 다. 상상하는 것으로도 활력이 되기도 했다.

꿈을 이루기 위한 노력으로 회계, 세법, 컴퓨터 자격증을 취득했다. 첫 직장에서 어느 정도 인정을 받았으며 목표한 대로 업무 경력을 차곡차곡 쌓고 있었다. 대학 시절 읽은 책이 도움이 되었음을 느끼며 또 다른 꿈도 가졌다. 마음속에 담아두었던 남미 여행의 꿈이다. 이 소망을 이루기 위해서 여행 경비 모으기, 언어 배우기, 역사와 문화 공부하기와 같은 특별한 노력을 하지 않았다. 딱 한 가지, 여행을 하고 싶다는 마음만은 단념하지 않았다. 그랬더니 바라던 것이 현실이 되었다. 이 두 가지 경험으로 '꿈꾸기', '절실한 마음 가지기', '꿈을 이루기 위해 노력하기', '실천하기'의 중요성을 깨달았다.

꿈을 접은 남편에게 본인이 하고 싶은 다른 것을 찾아보라고 이야기해 주었다. 이제는 우리 아이들이 생각난다. 먼저 경험했다는 이유로 아이들에게 강요하기 싫지만 전해주고 싶은 메시지가 하나 있다. 폴 마이어의 말로 대신하려 한다.

"생생하게 상상하라
 간절하게 소망하라
 진정으로 믿어라
 그리고 열정적으로 실천하라
 그러면 무엇이든지 반드시 이루어질 것이다"

못 된 아이로 자랐으면 좋겠다

성연경

아이가 학교에서 울었다는 이야기를 한다. 가슴이 덜컹하지만 별스럽지 않은 척 그러나 최대한 귀 기울여 무슨 일이 있었는지 물어본다.

쉬는 시간에 친구들에게 집에서 가져간 책을 빌려주는데 친하게 지내는 친구가 "네가 선생님이야?" 하며 화를 내고 어깨를 치며 지나갔다고. 그 친구가 왜 화가 났는지 자기가 뭘 잘못했는지 몰라 속상했고 어떻게 사과 해야 할까 고민했다고 한다.

아이의 침울함을 알아채신 선생님께서 따로 불러 물어보셨는데 자기의 상황을 얘기하다가 눈물이 났다고 한다. 담임선생님께서 네가 잘못한 게 아 니다, 그 친구에게 사과하지 않아도 된다고 말씀하시며 달래주셨다. 어영 부영 시간이 가고 다시 사이좋게 지내기로 하고 일단락되었다는 이야기다.

그런데 자기가 뭘 잘못한 것인지 친구가 왜 그렇게 행동했는지 이해가 되지 않고 친구들이 화를 낼 때 어찌해야 할지 모르겠다고 고민을 털어놓 는다.

속상한 마음을 최대한 감추며 아이와 대화를 이어간다. 그때의 상황이 어땠는지, 친구가 화를 내기 전에 다른 일은 없었는지……. 빙빙 둘러 제일 궁금한 것을 물어본다.

"잘못한 것이 없는데 왜 사과를 해야겠다고 생각했어?"

아이는 친구들이 화를 내거나 삐치면 본인이 무언가 잘못한 것처럼 느껴져 걱정이 되고 무섭다고 했다. 그래서 누구의 잘잘못을 떠나 본인이 먼저 사과하고 화해를 청한다고, 지금껏 그래왔다고 한다. 아이는 본인의 속상함보다 친구들과의 불편함을 견디지 못했으리라. 그 상황을 벗어나고 싶어 그렇게 행동했을 것이다.

아이는 밝고 활기찬 성격이며 이타심이 많아 약한 친구를 잘 도와주고 상대를 배려할 줄 안다. 담임선생님께서 상담 때 "어머니, 아이를 어떻게 키우셨는지 궁금할 정도로 배려심이 많습니다."라고 할 만큼 착한 아이다. 그래서 같은 유치원을 졸업한 친구가 단 한 명도 없는 초등학교에 입학할 때도 크게 걱정을 하지 않았다. 기대에 부응하듯 아이는 학교생활이 무척 즐겁고 신난다고 했고 학급반장에 나가 선출되었다. 그렇게 아이는 본인만의 사회생활을 행복하게 하고 있다고 생각했다.

마음이 답답했다. 아이가 유치원을 다니던 시절에 나는 자타 공인 헬리콥터 맘이었다. 착륙 전 헬리콥터가 뿜어내는 거센 바람처럼 치맛바람을 일으킨다 할 정도는 아니지만 늘 아이의 동선을 함께하고 일거수일투족에 신경을 써왔다. 그런데 아이가 무용을 그만두고 학교를 입학하면서 헬리콥터를 착륙시켰다. 특히 아이의 교우관계에 관여하지 않겠다고 생각한 것은 스스로 잘 해낼 거라는 믿음이 있었기 때문이다.

그 믿음은 지금도 변함이 없지만 이런 고민을 하고 있다는 것을 더 빨리 알아차리지 못함에 미안했다. 그리고 어떤 이야기를 해 주어야 할지 고민이 되었다.

아이와 긴 대화 끝에 친구들이 잘못된 행동을 반성할 줄 알고, 사과를 할 수 있는 용기가 생기도록 기회를 뺏지 말자. 그래야 친구들도 다른 사람을 존중하고 배려할 줄 아는 멋진 어른이 될 수 있다고 얘기했다. 아이는 노력해 보겠노라 한다.

사실 마음속에서는 '네가 잘못한 것도 아닌데 왜 사과하니, 계속 그렇게 받아주면 친구들이 너를 만만하게 생각한다. 그렇게 되면 어쩌고저쩌고……' 온갖 직설적이고 공격적인 말들이 요동쳤다. 하지만 친구에게 속상한 것을 표현하라는 말에도 눈시울을 붉히며 그래도 될까라고 걱정하는 아이에게 차마 뱉을 수 없는 말이다.

개인주의와 이기심으로 상대에게 상처를 주는 일이 난무하는 시대에 이타심이 가득한 아이로 성장함에 감사해야 하며 상대를 배려하고 존중하라 가르쳐야 하지만 그렇게 말하고 싶지 않다.

자신의 실속을 차릴 줄 알고 자신의 주장을 확실하게 표출하며 조금은 아니 어쩌면 많이 못 된 아이로 자랐으면 좋겠다.

글쓰기는 사람이 전부다

최신애

글쓰기 동아줄을 모두 함께 잡았다. 책이라는 꿈을 향해 끈을 당겼다. 하지만 그녀들은 바람과 달리 정식으로 글을 써 본 적이 없었다. 책을 쓰기 위해 모여 철학 책을 읽고 글쓰기를 연습했다. 그 과정에서 글쓰기 솜씨의 성장은 느렸지만 서로의 내면을 바라보기 시작했다. 각자 글을 읽고 냉철한 피드백을 주고받을 줄 알았더니 그 반대였다.

이제 막 용기를 낸 주부들의 글에 지적이나 평가는 시기상조였다. 글솜씨를 위한답시고 서로의 글에 첨언할 입장도 아니었다. 모두 처음이고 시작이었다. 나를 포함 출간 작가 두 명 또한 반보 앞서 경험했을 뿐 노련하지 않기는 마찬가지였다.

누군가 글을 읽으면 듣던 이들은 다정한 감상을 쏟아냈다. 그러다 보니 나열에 치우치던 내용에 각자의 생각이 담기기 시작했다. 네 글, 내 글의 경계가 무너져 우리의 글을 쓰는 것 같았다. 코로나19상황이 계속되어 밤 11시부터 줌을 켜두고 함께 쓰거나 퇴고한 글을 올려 피드백을 받기도 했다. '오늘 글은 정말 쥐어짜서 별로예요'라고 꺼내면 다들 '내 이야기다. 내 마음을 어찌 그리 잘 표현 했누~'라며 박수를 보내곤 했다.

누구나 매번 동일 수준의 글을 쓰는 것은 아니었다. 글 수준의 편차가 존재하지만, 어떤 날을 누구의 문장이 촉촉하고, 어떤 날은 누군가의 어색한 문장에서 투박하지만 잔잔한 감동이 솔솔 풍겼다. 도대체 뭘 써야할지 모르겠다는 어떤 이는 자신의 과거를 솔직하게 드러내 모두를 먹먹하게 했다. 이렇게 되니 각자의 쓰기는 점점 용감해지고 자신을 꺼내는 것에 두려움을 갖지 않게 되었다. 나의 반보 뒤를 따라오는 그녀들의 발전과 용기가 칭찬받을 만큼 대견했다.

내가 먼저 겪은 실수와 아픔, 좌절과 새 힘을 얻는 법 등 뭐라도 알려주고 싶었다. 2남 1녀로 자매가 없는 나에게 6명의 여동생이 생긴 기분이었다. 어떻게 이런 사람들을 만날 수 있었을까? 그녀들이 시간을 허비하지 않도록 돕고 싶어졌다. 책이 나오기 까지 1년이든 2년이든 함께 해야겠다고 다짐했다.

"나의 사소한 이야기가 타인의 마음에 맺힌 것을 터치하는 힘이 있어요."

"글감은 일상에 아주 작은 것에서 시작하는 거죠, 특별한 것을 적는 게 아니에요. 사소하고 누구나에게 있을 법한 일로 시작하면 보편적 정서와 닿아 호소력이 생깁니다"

"글에 교훈을 잔뜩 담거나 가르치려 어설픈 정보를 담을 필요는 없어요."

"어려운 책을 인용하는 것보다 '나의 삶'이 더 강력합니다."

멋있는 언니인 척 이런 조언을 했지만 포기하지 않고 꿋꿋하게 과제를 해낸 그녀들이 더 멋있었다. '안전한 글쓰기와 연대감'을 경험하면서 우리의 하나됨이 하늘에 닿아 기적이 일어날 것만 같았다. '출간할 수 있겠다' 라는 생각이 점점 짙어졌다.

　책 한 권을 기획하고 원고를 쓰는 과정이 순조롭지 않았다. 누구는 아버님이 병환이 나셨고 누군가는 남편이 크게 다쳤다. 시아버님이 수술을 하셨고 아이들이 자가 격리를 했다. 비대면 수업으로 집집마다 시끌벅적했지만 모두 견디며 함께 새벽을 맞았다.

　그녀들은 원고 완성이 출간의 서막을 올리는 것일 뿐임을 나중이 되어서야 알게 되었다. 본격적인 고난의 행군이 시작되었다. 울고 싶은 상황이 돌아가면서 생기는 통에, 서로를 배려하며 짐을 함께 졌다. 250군데 출판사를 선별하고 투고 메일을 보냈다. 돌아오는 거절 메시지에 모두 시무룩해졌다. 혼자의 힘이었다면 벌써 포기했음에 분명했다. 여럿이 함께였기 때문에 서로를 격려했다. 모두 포기할 때쯤, "더 열심히 쓰는 연습을 합시다" 라고 말하려는데, 기적이 일어났다. 좋은 출판사와 인연을 맺게 된 것이다.

　나는 나를 믿지 않는다. 그녀들을 믿는다. 나는 현실을 타진하는 눈으로 주춤거렸지만 그녀들의 용기백배는 기적을 불러왔다. 씩씩한 척하는 나의 속마음을 모르는 그녀들은, 나더러 고맙다고 연신 고백하지만 사실 그 고백은 그녀들이 들어야 한다. 그래서 속으로 이렇게 말한다.

　"반사!"

자연은 가장 좋은 하베르

김명숙

봄이다. 엄마의 뱃속에 있던 시간을 감안하고도 42번째 봄을 맞이하는 셈이다. 어느 누가, 어떤 무엇이 해를 거듭할수록 좋아함을 이토록 깊어지게 할 수 있을까? 봄은 사랑스러움 그 자체이고, 여름은 어김없이 스무 살을 추억하게 만들고, 가을은 다가올 훗날을 그려보게 하고, 겨울은 싸늘하고 맑은 공기로 집안에 칩거하게 만들지만 그럼에도 감사한 계절이라고 고백하게 만드는 힘이 있다.

봄이다. 겨울과 봄이 우위를 다툼하는 2월 끝자락에 동백과 매화를 시작으로 꽃소식이 들린다. 사람들은 들렌다. 아직은 두꺼운 패딩을 입고 군데군데 피어있는 매화로 봄의 기운을 먼저 맛보려고 한다. 절기상 봄일 뿐 맵기 짝이 없는 때에 이른 꽃을 피운 매화의 고고함이 선비들의 정신과 닮았다 하여 사군자의 하나가 된 매화. 패딩과 난방으로 완전무장한 사람과 달리 오로지 맨몸으로 추위를 견디며 꽃을 피워낸 매화를 볼 때면 그 수고스러움에 고개가 절로 숙여지곤 한다.

산수유는 매화보다 더 포근해진 날씨에 봄소식을 전한다. 비록 산수유

군락의 관광지를 직접 눈으로 보지 못하고 간혹 한두 그루 피어 있는 산수유꽃을 본 게 경험의 전부지만 그 자잘한 꽃들이 모여 만들어내는 노란색 아름다움은 봄의 대표 전령으로 손색이 없다. 이즈음이 되면 여기저기 꽃천지다. 민들레, 진달래, 개나리꽃, 벚꽃, 제비꽃, 할미꽃, 애기똥풀, 조팝나무꽃, 꽃마리, 냉이꽃 등과 더불어 이름도 알 수 없는 꽃들 세상이다. 사람들은 어느덧 가벼워진 옷차림으로 군무의 대표 꽃인 벚꽃 나들이에 여념이 없다. 벚꽃 대표 관광지가 아니더라도 지역의 곳곳마다 작은 무리로 피어난 벚꽃길은 그 화사함으로 사람들의 마음을 단숨에 사로잡는다. 충분히 예찬할 만한 아름다움이다.

사계절의 변화를 민감하게 느낄 수 있는 곳 중의 하나는 단연 산이다. 산은 수많은 종류의 동식물을 품고 있으며, 산을 걷는 행위 자체가 입을 닫고 귀를 열게 하며, 사색하게 만드는 힘이 있다. 마이크로소프트를 창업한 빌 게이츠도 1년에 한 달 정도는 외딴 오두막에 칩거하며 big think를 한다. 바쁜 생활 속에서 잠깐 빠져나와 가까이 있는 앞산에 짧은 시간만이라도 올라본다면 빌 게이츠의 행위가 충분히 납득이 된다. 혹시 알까? 나도 빌 게이츠와 같이 세상을 바꿀 생각을 해내게 될지도~!

잠깐의 짬을 내어 집 가까운 산을 오른다. 나무들은 여전히 메마른 듯 보인다. 산이라 바람은 더 차갑다. 인접한 도로를 벗어나 입구 오솔길로 들어서면 쌩쌩 달리는 자동차 소리가 아득하게 멀어지기 시작한다. 눈은 자연스럽게 나무들이며 바위 위 마른 이끼며 흙으로 향한다. 후각은 차가운 공기 속에서 더 두드러지는 소나무의 침향을 구별해 내고, 봄기운에 가벼워진 온갖 새소리에 귀는 자동으로 쫑긋거린다. 얼핏 보면 메마른 듯 보이는 나무지만 자세히 보면 마디마디 겨울눈이 움틀 된다.

잎보다 먼저 꽃을 피우는 진달래도 있다. 갈색, 고동색이 전부인 이른 봄 산속에 분홍색 꽃이라니……. 종잇장처럼 얇은 꽃잎에 주근깨 같은 점을 찍고, 나비 더듬이 같은 꽃술을 삐죽이 내민, 자세히 보면 예쁘다고 하기엔 아쉬움이 있다. 헌데 그 분홍색은 다소 아름답지 않은 꽃의 모습을 상쇄하고 남을 만큼 강렬하다. 겨우 한두 그루의 진달래로도 이렇게 사람의 눈길을 끌고 혼을 쏙 빼놓는다. 그런데 참 이상하다. 어느 진달래꽃은 활짝 피었고, 어떤 진달래 나무는 아직 꽃봉오리도 채 맺지 않았다. 같은 나무에서도 어떤 가지는 활짝 피었고, 어떤 가지는 봉우리 져 진분홍의 꽃봉오리 상태로 있다.

'왜 그럴까?' 나의 혼자 질문이 시작되었다. 보아하니 일조량의 영향인 듯하다. 해가 잘 드는 양지쪽 진달래는 활짝 피어 이미 떨어지기도 하고, 음지쪽 진달래는 이제 막 봉우리 지기 시작했다. '한 나무인데 개화되기도 하고 봉우리 진 것은 왜 그럴까?' '뿌리에서 가지까지 난 영양소의 길이 멀고 가까운 차이가 아닐까?, 아니면 영양분이 이동하는 길이 더 넓고 튼튼해서 그럴까?' 집에 내려가 식물학 책을 살펴봐야 판가름 날 물음들이다.

그러다 문득 딸아이가 생각났다. 아이는 참 느리다. 초등학교 입학하고 나서 매년 하는 상담 내용 중 빠지지 않는 주제다. 느림…… 그렇다고 아이가 인지능력이 부족한 것은 아니다. 아이는 그저 느릴 뿐이다. 그런 아이를 두고 선생님과 '느림'이 큰 문제인 양 매년 상담을 해왔다. 나는 왜 지난 6년간 '느림'을 고쳐야 할 문제라고 생각해 왔을까?

지금 아이는 중학생이 되었다. 아이는 어느 날 학교 공부에 좀 주력해야 할 것 같다고 말했다. 그리고 느리지만 꾸준한 변화를 하고 있다. 사실 아이가 공부에 주력해야겠다고 말한 이후에도 나는 아이를 보며 실망스러운 마음이 들기도 했다. '공부한다는 애가 지금 저러고 있어도 되는 거야? 더 빨리 더 많이 공부해야 하는 거 아니야?' '어휴, 저래가지고 공부 결과가 좋을 리가 없지!'

그렇다. '옆에 진달래는 다 펴서 지금 땅에 떨어질 판인데 이제 봉우리 맺어서 언제 꽃이 피겠어?'라고 나는 진달래 나무에게 말하지 않는다. 그럴 마음도 없다. 그저 예쁘게 피어날 거란 기대와 '다음 산행 때엔 너의 예쁜 만개 모습을 보겠구나' 하며 기다리는 마음이다. 나의 아이도 스스로 알아서 제때 꽃을 피워내는 진달래 나무와 같을 것을 오늘 산행 중 하브루타를 통해 깨닫게 된다.

하루 질문 세끼

이영은

하브루타 공부를 시작하면서 아이에게 질문을 퍼붓기 시작했다. 질문의 중요성과 효과를 내 아이를 통해서도 입증해 보이고 싶었다. 아이들의 대답에 집중하지 못한 채, 질문을 하면서도 다음 질문을 고민하기도 했다. 기대감의 크기와 실망감의 크기가 교차하던 순간 아이의 날카로운 질문이 들어왔다.

"엄마는요? 엄마 생각은 어때요? 엄마부터 말해봐요."

"엄마는 당연히…… 그러니까……."

생각에 빠지다 금세 바닥이 드러나 부딪히고 만다. 그 누구도 나에게 깊은 질문을 한 적이 없었다. 남 탓 핑계는 접어두고 나조차 나에게 질문할 생각을 하지 못했다. 깊은 질문이 없었으니 깊은 생각도 없었다. 깊은 생각이 없었으니 껍데기만 쫓으며 살아왔다. 주관과 철학이 없었으니 언제나 흔들렸다.

질문을 던져야 했다. 나에게 먼저. 제일 먼저 드는 질문은 무슨 질문을 할까였다. 역시나 스스로에게 묻는 질문의 부재가 컸다.

내 질문의 한계를 느끼던 찰나 톨스토이의 단편소설 '세 가지 질문'이 떠올랐다.

주인공인 왕은 진리를 찾기 위해 은사를 찾아가 세 가지 질문을 한다.

"세상에서 가장 중요한 때는 언제인가?"

"세상에서 가장 중요한 사람은 누구인가?"

"세상에서 가장 중요한 일은 무엇인가?"

이 세 가지 질문을 나에게 되물어 보았다.

첫 번째, 가장 중요한 때는 언제일까?

한때는 나의 찬란한 시절이 시들고 져버렸다 생각했다. 이제는 다시 못 올 청춘을 그리워하며 후회하고 아쉬워했다. 과거에 머물며 현재의 시간을 아낌없이 흘려보냈다. 책을 읽었고 답이 보이는 듯했지만 삶에 적용하지 못했다. 중요한 때는 지나갔고 혹여나 내 인생에 중요한 시간이 또 올수 있을까 생각했다. 현재의 시간을 과거에 집착하고 미래의 불안감을 생각하는데 써버리기 일쑤였다.

현재를 즐기고 향유한다는 것이 마치 사치처럼 느껴지기도 했다. 육아에 있어서도 마찬가지였다. 아이들이 자랄수록 더 자유로워질 거라 착각했다. 아이들이 자라면서 함께 커지는 고민들은 예상하지 못했다. 예기치 못한 문제들로 마음이 짓눌릴 때면 '차라리 아이들이 어릴 때가 더 좋았지. 그땐 건강하게 먹고 자는 것만 신경 쓰면 되었었는데……' 하며 지나간 시간에 매달렸다. 다가올 세상이 나조차 두려울 때는 아이들의 미래에 머물며 불안해했다. 수시로 지쳐 흔들려 쓰러졌다 일어나기를 반복했다.

그렇다면, 과연 지금은 현재를 직시하고 가장 중요한 시간이라 느끼고 있을까? 다 맞는다고 또 아니라고 할 수도 없다. 머리로는 알지만 마음이 머리를 배신할 때가 수시로 일어난다.

하지만, 예전보다 현재를 소중히 여기고 싶은 마음이 커지고 있는 사실은 분명하다. 과거가 그리울 땐 그때 열망했던 현재의 상황들을 만족하며 위안을 얻는다. 미래가 불안할 땐 현재가 행복해야 미래도 행복하다는 말을 굳게 믿는다. 미래를 위해 현재를 무시하거나 따돌리기 싫은 마음이 커진다.

두 번째, 세상에서 가장 중요한 사람은 누구인가?

톨스토이는 지금 앞에 있는 사람이라고 했다. 요즘 늘 함께 있는 사람은 아이들인데……. 물론 아이들이 세상 더없이 소중하지만 나는 나라고 말하고 싶다. 엄마가 되고 나서 깨달았다. 내가 있어야 아이도 가족도 있다는 것을. 엄마의 자존감이 아니라 내 자존감이 먼저라는 것을. 감히 대문호 톨스토이에게 반항하고 싶다. 세상에서 가장 소중한 사람은 내 앞에 있는 이가 아니라 바로 나라고 말이다.

세 번째, 세상에서 가장 중요한 일은 무엇인가?

아마도 이 질문 때문에 지금도 이 글도 쓰고 있는 것이 아닐까. 세상에서 가장 중요한 일을 찾기 위해 글도 쓰고 책을 읽는다. 혹자는 사명감을 가져 보라 권하기도 한다. 사명감을 갖는 것은 말처럼 쉽지 않았다. 오롯이 다른 이의 성장을 위한 사명을 위해 달려 나가기엔 여전히 이기적이고 개인적인 마음 한구석이 찔려온다. 그렇다고 나를 위한 사명감을 찾자니 그저 희망 사항이 되어버린 꿈이 초라하게 보이기도 한다.

가장 중요한 일. 그 일은 톨스토이의 말대로 현재에 나에게 닥친 일 일 수도 있겠다는 생각이 든다. 지금 하고 싶은 일을 꾸준히 하다 보면 중요한 일이 수면 위로 떠오르지 않을까? 어떤 일 이든 열심히 할 자신은 없다. 하지만 도전할 용기는 있다. 열심히 하리라 다짐하고 결심하는 시간에 무엇이든 할 당돌함은 있다. 그렇게 현재에 만나는 일들을 하루하루 채워 나가다 보면 어느새 내 인생에 중요한 일을 하고 있지 않을까?.

세 가지의 질문에 대한 답이 정답이라 생각지 않는다. 내가 변화하는 과정에서 마찬가지로 끊임없이 답도 변화하리라 생각된다.

정답이든 현답이든 가장 중요한 건 바로 하루에 세 번이라도 나에게 질문을 던져보는 것이다. 매일 먹는 양식과 같이 하루 세 끼의 질문을 통해 나를 알아가고 내면을 채우고 싶다. 질문을 통해 인생을 그려나가고 싶다.

내가 그려갈 욕망

박지연

욕망은 나와는 멀고 먼 단어라 여겼다. 사전적으로 욕망은 선천적인 본능이라고 하는 것이다. 본능을 나와 멀다고 생각했다니 무지함이 짝이 없었다. 본능을 거부하는 인간이 있을 수 있다면 진정 신의 경지에 이른 사람일 것이다.

20대엔 30대가 되면 가정을 꾸려 바쁜 시간을 보내겠지 했다. 30대엔 40대가 되면 어느 정도의 지위와 부를 형성해야지 했다. 50대면 약해진 몸과 기력 이외에도 걸림돌이 되는 것들이 많아 새로운 것을 과감히 시도하기 힘들지 않을까 싶었다. 60대 이후의 삶은 노후 대책이란 단어만 떠올릴 뿐 아직은 먼 나라 얘기라 여겼다.

막상 마흔을 앞두고 보니 30대의 나는 엄마, 아내, 딸, 며느리로서의 역할만 다양해졌지 이렇다 할 지위와 부는 쌓아둔 게 없었다. 이상과 현실은 자석의 같은 극처럼 만나기 힘들다는 것을 나를 보며 확인했다. 그렇다고 멈출 수는 없었다. 지금 시작한 것들은 일만 시간의 법칙 이상으로 이어가기로 했다. 그러다 보면 직업으로 연결되는 것 하나쯤은 있지 않을까 하는 확률에 주사위를 던졌다.

올해 나는 새로운 것을 시도했다. 전공과 경력을 살리며 할 수 있는 일을 찾다 전혀 관심 분야가 아닌 것에 도전하게 되었다. 나의 욕망의 항목들은 여기저기서 날아와 뒹굴고 뭉치며 뜬구름에서 뭉게구름으로 커져갔다.

현재 품고 있는 욕망 중 가장 많은 시간과 배움을 쏟아붓고 있는 것은 바로 티(tea)소믈리에 및 블렌딩 과정을 배우는 것이다.

39세 마지막까지도 티에 대해 아는 것이 없었다. 티와 차가 같은 듯 다른 용어 인가했다. 아는 티라고는 녹차, 홍차가 전부였다. 막연히 무엇인가를 했으면 좋겠다고 푸념하던 나에게 30년 지기 친구가 추천해준 것이다. 친구는 이 일과 관련된 기사를 보자마자 내가 생각났다며 추천해주었다. 늘 한두 박자 느리다 보니 그땐 한 귀로 흘려들었다. 한참 뒤 뭐라도 해야 않겠냐는라는 중압감에 짓눌릴 때 어디선가 끈으로 잡아당기는 것처럼 마음이 끌려갔다.

티에 관해 전문적으로 깊이 있게 배우고자 하는 욕망은 이미 하늘을 향해 장전을 했으나 근처에는 전문적으로 수업을 들을 수 있는 곳이 없었다. 이가 없으면 잇몸이라고 했던가. 여기 없으면 다른 곳을 찾으면 되는 법. 부산에서 하는 수업을 찾았다. 그리고 몇 주를 오가며 배웠고 현재도 진행중이다.

작게는 티에 대해서 알자는 것이었고 크게는 전문성을 갖춰보자는 것이었다. 티의 이론을 공부하다 보니 역사를 알아야 했고 이는 곧 세계사의 흐름을 알아야 했다. 학창 시절 가장 싫어하던 과목 중 하나가 세계사였는데 지금 내가 이러고 있을 줄이야. 게다가 맛은 신맛, 짠맛, 단맛, 쓴맛, 감칠맛, 매운맛만 있는 줄 알고 살았는데 144가지의 맛과 향을 구별해야 한다는 임무도 생겼다. 미각은 후퇴한 것 같고, 후각은 마비된 듯했던 지금은 모든 음식의 색, 맛, 향에 집요함을 가지는 인간으로 변하고 있다.

티소믈리에가 지금 한창 깊이 있게 심취해 있는 욕망이라면 하브루타는 꾸준히 깊이에 깊이를 더해 한 겹 한 겹 포개고 있는 욕망이다. 자격증 과정을 끝내고 심도 있게 알아가자고 모인 7인이 있다. 2년째 일주일에 한 번씩 꾸준히 만나는 우리들의 처음 취지는 하브루타 관련 스터디였으나 만날수록 하고자 하는 목표가 다양해졌다.

주 1회의 만남으로 시작했던 우리가 일주일에 3번을 만난다. 하브루타 관련 도서 읽고 토론하기, 교과서 수록 도서를 기본으로 교안을 만들어 우리의 아이들에게 실전 수업하기. 마지막으로 우리 7인의 이야기를 담은 글을 쓰는 나나책 프로젝트이다.

내가 글을 쓴다고? 나조차도 가능한 일인가 하는 의구심에 사로잡혀 있었다. 나이가 들면서 점점 무서운 게 없다고 했던가. 예전의 나였다면 내가 무슨 글을 쓰냐고 자신을 하대했을 텐데 함께 가는 동행자들의 격려로 도전했다. 지금 아니면 평생 쓸 기회가 없을 거라는 자기 위안과 함께.

블로그가 아닌 책 쓰기는 어떻게 하는 걸까 궁금하기도 했고 잘 쓰기 위해 다독하다 보면 독서 수준도 올라가지 않을까 하는 기대감도 있었다. 아무 말 대잔치처럼 두드려대는 자판이지만 마감일에 임박해 짜내는 나를 보며 인간의 무한한 한계에 경의를 표하게 된다.

지금의 욕망이 장애물 없이 쭉쭉 뻗어 나가게 하려면 반드시 필요한 것이 있다. 바로 건강이다. 건강하지 않다면 아무리 거대한 욕망이 있다 한들 야심 차게 뻗어 나갈 수 있을까? 어릴 적 무용을 전공하고 싶다는 생각을 잠시 한 적 있다. 예체능을 위한 재능은 50% 이상은 타고 나야 하는데 나는 0.1%도 무용을 위해 타고난 몸이 아님을 아주 잘 알고 있다. 태생이 뻣뻣하다 보니 무용뿐 아니라 그 어떤 운동도 힘에 겨웠다. 100m 달리기는 23초, 턱걸이는 3개, 윗몸일으키기는 0개. 체력장은 늘 최하위였다.

학창시절부터 무용 전공이냐는 소릴 많이 들었다. 168cm의 신장에 팔다리가 길어 오해하는 사람들이 많았으나 실제로는 무용학과 문턱도 밟을 수 없는 몸이었다. 결혼 전부터 요가를 꾸준히 배웠으나 한두 달 쉬고 다른 학원으로 옮길 때마다 요가가 처음이시냐는 질문을 받았다. 유연성이라고는 하나도 없어 잠시만 쉬어도 몸이 금세 굳어버린다. 더 굳어버릴 것도 없는 몸인데 다시 굳는 걸 보면 몸의 신비로움과 정직함에 또 실망한다.

2년 전부터 시작한 요가는 쉼 없이 계속하고 있다. 한 달 살기를 위해 동남아시아에 머무는 동안에도 요가 클래스는 일부러 찾아다녔다. 꾸준한 운동으로 잔 근육이 생기고 유연해지는 몸을 보며 게을리할 수 없게 된 것이다. 39년 살며 불가능하다 여겼던 윗몸일으키기도 1분에 20번 넘게 가능해짐을 보며 다른 운동도 수월하게 할 수 있을 거 같아 골프도 시작했다. 욕망 실현의 필요조건인 건강 유지를 위해 무던히 달려갈 것이다. 물론 99.9999% 운동으로 만들어진 몸을 잘 드러낼 수 있는 운동복을 입으며 뿌듯해 할 날도 기대해본다.

메슬로우의 5단계 욕구 중 1단계가 생존과 관련된 인간의 기초적인 욕구인 생리적 욕구이다. 이어 안전의 욕구, 애정과 소속의 욕구, 존경의 욕구를 거친 마지막은 자아실현의 욕구 단계다. 마지막 단계인 자아실현에 대해 혹자는 성직자의 경지에 이른 사람만 가능하기에 현실 불가능하다 했다. 하지만 조금만 아래로 끌어내려 본다면 본능을 욕망이라는 촉매제를 이용해 자아실현의 욕구에 다다르게 할 수 있지 않을까? 본능적으로 끌려 시작했던 일에 동기부여와 목표를 추가한다면 자아실현의 욕구로 수월하게 이를 수 있을 텐데 말이다. 본능에서 온 나의 욕망이 어떻게 더 추가될지 앞날에 물음표를 던져본다.

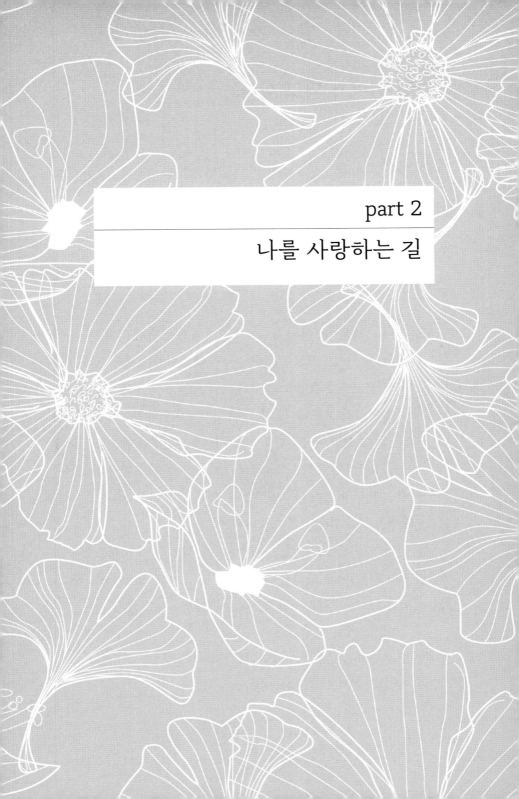

part 2

나를 사랑하는 길

그런 엄마가 되고 싶다

이혜진

부모가 되고 나서 아이들의 동요를 들으며 눈물을 흘린 적이 두 번 있다. 그중 하나는 위키드 프로그램에서 부른 〈내가 바라는 세상〉이라는 노래다. 이 노래는 동요를 틀어놓으면 자동 선곡되어 들어본 적은 있지만 가사에 귀 기울여 들은 것은 아니었다. 첫째 아이 유치원의 음악회에서 부를 이 노래의 가사를 보며 아이와 연습했다. '사랑하는 친구와 매일 같이 모여서 넓은 잔디밭에서 맘껏 뛰게 해주세요.' '아픔도 고통도 모두 사라지기를' 의 가사를 보며 더 이상 노래를 따라 부를 수 없었다. 아이들이 쓰는 마스크와 자유롭지 못한 외출이 생각났기 때문이다.

다른 하나는 〈피노키오〉이다. 부모가 되고 나서 들은 이 노래는 한동안 마음이 미어졌다. '나는 안 그래야지!'라고 다짐하게 된 노래이기도 하고, 마음이 답답해서 울고 싶을 때면 일부러 듣는 노래이기도 하다.

'피아노 치고 미술도 하고 영어도 하면 바쁜데
  너는 언제나 공부를 하니 말썽쟁이 피노키오야

먹고 싶은 것이랑 놀고 싶은 것이랑 모두 모두 할 수 있게 해줄래.

……

숙제도 많고 시험도 많고 할 일도 많아 바쁜데

너는 어째서 놀기만 하니 청개구리 피노키오야

먹지 마라 살찐다 하지 마라 나쁘다 그런 말 좀 하지 않게 해줄래.

……

학교 다니고 학원 다니고 독서실 가면 바쁜데

너는 어째서 게으름 피니 제페트의 피노키오야

피노키오 줄타기 꼭두각시 줄타기 그런 아이 되지 않게 해줄래.'

엄마의 기준에서 아이에게 도움이 될 것이라 예상하고 학원을 보내지만 아이는 놀게 해달라고 한다. 걱정하는 마음으로 "많이 먹지 마라, 몸에 안 좋은 음식 먹지 마라, 밤에 먹지 마라, 편식하지 마라, 스마트폰 하지 마라, TV 보지 마라, 게임하지 마라."는 말은 그저 엄마의 잔소리일 뿐이다. 가사 중 가장 마음이 아팠던 단어는 '꼭두각시'이다. 우리도 누군가의 꼭두각시였지 않았을까? 아이들도 나의 꼭두각시가 될 수 있겠다는 생각과 미안함에 눈물이 터져 버렸다.

노래를 듣고 공부의 뜻을 완전히 버리자고 마음먹은 것은 아니었다. 공부의 쳇바퀴만 돌리게 하고 싶지 않았다. 아이의 의견을 존중하며 아이가 관심 있는 분야에 환경을 제공하고 많이 노출시키기로 마음을 먹었다. 내년이면 초등학교를 입학하는 첫째 아이에게 한글 교재, 연산 문제집, 영어 쓰기, 누리 과정 문제집을 내민다. 잘 따라와 주고 있던 아이가 내용이 많고 어려워지니 버거워했다. 힘든 점이 무엇인지 질문했다. 아이는 그림 그리기와 종이접기 할 시간이 부족하다고 한다. 불현듯 위의 노래가 머릿속에 스쳐 지나갔다. 아이에게 미안하고 나에게 부끄러운 마음이었다. 아이 앞이라 눈물을 흘리지 못하고 머금고 있었다.

다시 한번 다짐한다. 아이를 가졌을 때 건강하게만 태어나길 바라던 그 마음을 매일 되뇌길. 아이는 나의 소유물이 아님을 인정하고 존중하길. 다른 아이와 비교하지 않고 아이의 과거와 현재를 바라보길.

얼마 전 둘째에게 물었다.

"너에게 어떤 엄마이면 좋겠어?"

"안아주면 좋겠어. 뽀뽀해 주면 좋겠어."

역시 5살 아이다운 답변이었다.

훗날 아이가 엄마를 떠올릴 때 어떤 모습으로 기억되고 싶은지 스스로에게 물어봤다. 기쁜 일이 있을 때에는 엄마와 나누고 싶어 전화를 했으면 한다. 힘든 일이 있을 때면 엄마가 보고 싶은 마음에 나를 찾았으면 한다. 엄마 품이, 손길이, 아늑한 집이 그리워 현관문을 열었으면 한다. 아이에게 그런 엄마가 되고 싶다.

이기적이었고 이기적이고
이기적일 나에게

박지연

1982년 11월 18일 오전 8시 47분 대구의 어느 한 산부인과. 엄마 아빠의 삼 남매 중 둘째로 태어나 성장했다. 어릴 적 생일은 늘 음력으로 했고 10월 1일이었기에 매년 생일은 바뀌었다. 주민등록상 생일은 11월 18일로 되어있어 그날이 양력 생일인 줄 알고 자랐는데 11월 16일이었다. 철학관에서 20년 만에 진짜 생일날을 찾은 것이다. 이틀 차이이긴 하지만 인생이 바뀐 거 같았다. 반전이 있나 했더니 그런 일은 없었다.

어린 시절 비슷한 생각을 한 적이 있다. 초등 1학년 쯤 어린 시절 앨범을 본 적 있다. 언니와 남동생 돌잔치 사진은 있는데 나만 없었다. 엄마는 맨날 나를 다리 밑에서 주워왔다고 한데다 돌잔치 사진도 없어 진짜 주워온 자식인가 했다. 워낙 눈물이 많아서 아빠는 늘 나를 '짤숙이'라고 놀렸다. 탈수기 이름도 아니고 그 별명이 너무나 싫었다.

다리 밑에서 주워 왔다고 해, 돌 사진은 없어, 맨날 운다고 징징거린다고 놀려, 정말 주워왔나 싶어 언젠간 친부모가 데리러 오지 않을까 생각했다.

215

하지만 그런 일은 절대 일어나지 않았다. 나는 아빠랑 데칼코마니처럼 닮았기 때문이다. 아빠를 닮았다는 것이 남자처럼 생겼다는 것 같아 얼굴 시뻘게 가며 부정했지만 자랄수록 깨달았다. 역시나 반전은 없다고.

부모님은 두 분 다 둘째로 태어났다. 1950년 격동기 시절 시골에서 태어나신 두 분은 집안에서 전형적인 둘째로 성장하셨다. 좋은 건 장남에게 몰아주던 그 시절. 둘째로서의 설움을 한가득 가지고 성장하셔서 그 한을 나를 통해 푸셨다. 둘째는 위아래로 끼인 샌드위치처럼 성장한다는데 부모님의 둘째 콤플렉스의 서러움으로 나는 기고만장 끝판왕으로 자랐다. 언니한테는 돈이나 물건이 필요할 때를 제외하고는 언니라고 부른 적이 극히 드물었고 남동생은 남자아이라 생각해서 막 대했다.

그런 나를 보면서 부모님도 크게 혼내시지 않았다. 오히려 성격 안 좋은 거 알면서 왜 둘째 비위 안 맞춰 주냐고 언니와 남동생이 혼나는 일이 많았다. 해가 갈수록 자기중심적에 우기기 대장으로 자라 소위 싸가지 없단 말을 살면서 먹은 밥공기 양만큼 먹으며 자랐다.

지금도 나는 이기적인 엄마이다. 엄마로서 아내로서 헌신해야 하는 것은 당연하겠지만 그보다 더 중요한 것은 나를 위해 사는 삶이다.

하루 중 가장 좋아하는 시간은 아이들이 다 잠 들고난 밤 10시. 같이 누워 잠이 솔솔 왔다가도 아이들이 잠들고 나면 '레드썬' 하고 정신이 번쩍 든다. 미세하게 흘러가는 시계추 리듬에 뭔가를 하지 않으면 안 될 거 같은 조급함이 몰려온다. 온전히 나를 위한 시간이고 나에게 집중하고 싶다. 출산 전만 해도 늘 음악과 함께였던 내 시간이 지금은 생활 소음을 제외한 그 어떤 소음도 없다. 남은 집안일을 해야 하거나 책을 읽을 때면 늘 맥주

한 캔이 함께한다. 늦은 밤 시간은 온전히 내가 하고 싶은 걸 하는 시간이다. 책을 보거나 넷플릭스를 보거나 스마트폰을 보거나 어떻게든 그 시간을 보내는 것이다.

첫째가 초등학교 입학을 하면서 나의 시간은 확연히 줄어들었다. 유치원 시절이 가장 자유로웠다는 말이 실감이 되었다. 그땐 낮에 운동하고, 브런치 먹으며 수다 떨고, 하고 싶은 일을 배우며 여유롭게 보냈지만 아이가 1시에 귀가를 하는 작년부터 낮엔 운동을 제외한 다른 활동은 할 수 없었다. 요즘은 차 핸들을 잡고 비슷한 동선을 대 여섯 번씩 이동한다. 하루 8~9번의 시동을 켜는 날은 운전대 잡는 일을 파업하고 싶은 날도 있다.

그나마 위로받는 건 길 위에 나 같은 엄마들이 여럿 있다는 것이다. 오고가며 창문 넘어, 신호로 인사하며 좀만 더 고생하자며 위로한다. 그렇게 낮 시간은 통으로 사라진듯해 그 어떤 때보다도 나에게 집중할 시간을 확보하기가 빠듯하다.

해가 바뀌며 새로운 취미가 생겼다. 새벽의 맑고 깨끗한 공기가 그리우면 과감히 이불을 박차고 등산을 하러간다. 내가 등산을 좋아하게 될 줄은 산과 40년 인생을 함께한 우리 아빠도 기대치 못한 일이다. 올라가면 다시 내려올 것을 굳이 수고스럽게 팔다리 아파가며 올라가냐 말했던 내가 등산을 한다. 하산 후 입에 한 숟갈 머금은 선지 맛은 비어있는 속을 통쾌하게 뚫어주며 그 시각이 아직 오전 9시도 채 안 된 시간임을 확인할 땐 부지런하게 움직인 나 자신을 쓰다듬으며 괜스레 가슴을 젖힌다.

요즘 들어 부쩍 더 그런 말을 많이 듣는다. 어떻게 그렇게 부지런하냐고.

절대 부지런하지 않은 내가 그런 말을 들을 땐 대체 어디서부터 어떻게 설명이라도 해야 하나 싶을 때도 있다. 매일같이 새벽에 일어나 미라클 모닝을 하는 것도 아니고, 짬짬이 낮잠까지 챙겨 자는데 그런 소릴 들으면 어색해진다. 그저 눈떠있는 시간 동안 나를 위한 시간을 빨래 쥐어짜듯 짜내며 쏟아붓는 것이고 그게 한 가지가 아닌 다양한 방면으로 활용하는 중이다.

아이들이 커갈수록 나의 시간은 더 많아질 것이고 여전히 나를 위한 이기적인 엄마가 될 것이다. 나에게 먼저 채워 넣은 사랑이 아이들에게 잔잔히 스며들게 하고 싶다. 억지로 애써가며 주는 것이 아닌 물 흐르듯 자연스레 닿을 수 있게 말이다. 이게 바로 이기적이었고 이기적이고 이기적일 내가 살아가는 방법이다.

흔들림 없는 편안함

김명숙

나는 아이가 태어났을 때부터 육아서의 가르침을 따라 책을 가까이 해주려 공을 들였다. 책이란 무엇인가. 다양한 지식의 응결체라 말할 수 있다. 책을 읽는 사람의 모습이나, 책이 아무렇게나 쌓여 있는 장면이 멋진 인테리어의 소재가 되는 이유가 책을 가까이하고 싶어 하는 사람들의 소망 때문일 것이다. 그래서 아기가 태어나자마자 상당한 가격의 책을 구입해 아이 눈앞에 들이밀고는 했다. 아이가 책을 사랑하여, 지식과 지혜의 넓은 바다로 뻗어나가기를 바라는 마음으로.

둘째는 자연스럽게 첫째 아기보다 더 빨리 책을 접할 수 있는 환경이었다. 첫째 아이를 품에 안고 읽어주는 책을 나에게 찾아온 그날부터 들었을 테니까. 두 번째 아이의 지적역량을 은근히 더 기대하던 바였다. 그러나…… 둘째 녀석은 책과 친하지 않았다. 머릿속에 떠오르는 지식을 탐구하는 자의 수많은 이미지 중 그 어떤 행동도 보여주지 않았다.

사실 책 읽어주기는 육아를 조금 수월하게 만드는 도구이기도 하다. 일단 다른 탐색보다 집이 덜 어지럽혀진다는 점. 몸을 덜 움직이고 심지어 눕거나 엎드려서 입으로 육아 시간을 때울 수 있다는 점이다. 이런 검은 속을 비웃기라도 하듯 둘째는 책을 사랑하지 않았다. 온라인상의 어느 열혈 엄마처럼 다양한 체험을 알아보고 제공해 주고 싶었지만, 체력과 정성이 부족한 나머지 잘되지 않았다

.

대안은 하나였다. 밖으로 나가 걷기! 극한의 날씨가 아니라면 걷기를 육아 도구로 이용하기로 했다. 둘째 아이에 비해 상대적으로 정적인 첫째를 위하여 배낭 안엔 돗자리와 담요, 몇 권의 책과 소꿉놀이 세트를 함께 챙긴다. 준비해 간 물건들로 산의 초입이나 산책로의 비켜난 풀밭 위에 아지트를 만들어준다. 바람과 햇살이 머문 야외 풀밭 위에서 아이들이 얼마나 행복해했는지 모른다.

동네 가까운 강으로 나가 하루 종일 돌을 모으며 돌 부심을 채우는 일을 아이들이 얼마나 즐거워하는지 모른다. 주위에 널브러진 잔가지들을 모아 '정글의 법칙'에서 나오는 집 짓기는 또 얼마나 재미있어하는지. 다슬기와 미꾸라지는 낮에는 코빼기도 안 보이지만 밤이 되면 돌 밑을 굳이 찾아 나서지 않아도 스스로 나온다는 사실. 팔뚝만 한 메기는 물이 없는 듯 보이는 강 언저리라도 돌 밑 조금 물기를 머금고 있는 진흙 가까운 땅속에 은신해 있다는 사실. 강변에서 볼 수 있는 흔한 청둥오리는 꼭 암수 한 쌍이 같이 다니고, 색깔이 화려하고 선명한 수컷에 비해 수수한 색깔의 암컷을 자연스레 구분하는 지혜도 배운다. 또 10여 마리의 아기 오리들을 데리고 다니며 돌보는 암컷의 행동들을 지켜보며 나와 아이들 사이와 같은 비슷한 모습에 유심히 들여다보게 된다.

삶의 구간 중 시간에 구애받지 않는 얼마 안 되는 아이들의 영유아기 덕분에 자유로운 몇 년의 행복한 시간을 보냈다. 온전히 생체시계의 흐름에 따라 살아간다는 것은 글쓰기를 통한 힐링과 같은 것을 선사해 준다. 이제는 아이들이 조금 자랐다.

학교라는 사회생활을 시작하니 시간이 전처럼 자유로울 수가 없다. 최대한 자연에 나가는 시간을 안배해 보려 하지만 삶에는 적당한 때가 있는 것 같다.

유년의 기억에 있던 이름도 알 수 없는 들풀들이 지금도 도심 속 변두리에서 변함없이 피고 지고 있다는 사실에 가슴이 뭉클하다. 요즘 아이들은 태어나면서부터 가전기기와 전자기기로 둘러쌓여 자란다. 이 아이들이 자라서 유년을 어떤 모습으로 떠올리고 아득해 할까? 그리워할 수 없는 속도로 발달되는 전자기기의 기억 말고, 녀석들이 자라서 어느 때고 만날 수 있는 변함없는 자연의 아늑함을 유년의 기억으로 만들어 주고 싶은 것이 나의 바람이다.

축구와 글쓰기 근육 대결

최신애

1886년 영국에서 처음으로 여러 연맹이 모여 국제의회를 구성했다. 1930년 최초로 국제대회를 시작한 이 운동경기는 무엇일까? 웬만한 덕후가 아니라면 맞출 사람은 없을 것이다. 표준 규칙을 정하기 위해서 수많은 회의를 했다는 이 경기는 11명의 선수로 구성되어 진행한다. 현재 208개국이 이 연맹에 포함되었고 우리나라는 1947년에 가입했다. 다시 오리무중으로 빠지는 이 경기는 무엇일까? 2억 4천 명 이상의 인구가 200여 국가에 걸쳐 정기적으로 즐기는 경기 "축구"는 널리 알려지고 영향력이 큰 종목이다.

갑작스레 축구 이야기로 시작한 이유가 따로 있다. 남편은 늦은 귀가에도 당당하게 들어왔다. 자고 있는 아이들이 깰까 봐 까치발로 들어오더니 오늘은 달랐다. 신장을 재검하라는 이상소견 외에 매우 건강하다는 건강검진 결과표를 건네주었다. 덜컥 몇 년 전 결과지가 떠올랐다. 위축성 위염을 진단받아 위암 초기를 앞둔 상태라던가 지방간에 콜레스테롤 수치 등 여러 군데 이상소견이 있었다. 위축성 위염이라는 말을 처음 들어 구글링하며 남편의 중차대한 질환을 막아보겠노라 노심초사한 기억이 얼핏 떠올랐다.

그런데 몇 년 만에 모든 내장기관이 정상이며 심지어 심혈관 추정나이가 나이보다 10년은 젊어졌다. 남들은 성인병을 걱정할 때 남편은 10년이나 젊어진 것이다. 기적에 가까운 결과처럼 보여 눈을 여러 번 비볐다. "이게 가능해?"

남편은 한약 한 번 먹지 않았고 흔한 다이어트 한적 없다. "축구 때문이지" 남편의 근자감(근거 없는 자신감)은 바로 축구에 있었다. 하루의 아침을 기도와 함께 축구로 펼치는 그는 여러 개의 조기축구회에 가입했다. 한 달 내는 회비가 얼마일지 모르지만 적지는 않을 것으로 추측한다. 그동안 축구사랑에 바가지를 긁지 않았었다. 허리둘레가 줄고, 허벅지 근육이 강해지면서 활력을 찾는 남편을 말릴 수 없었기 때문이다. 남편은 매일 밤 내일 아침 경기에 설레며 잠이 들었다. 아내가 옆에 있든 없든 상관없이 말이다.

그녀가 당당하게 톡을 보낸다. 어떨 때는 이메일을 보내고 어느 날은 프린트한 종이를 건넨다. 그녀가 바라는 것은 진솔하고도 긍정적 피드백이다. 잘 썼다는 말보다 글이 더 좋아졌다는 반응을 바라는 눈치다. 수년 전 그녀는 가을을 타는지 시를 쓴다고 새벽까지 거실을 지키더니 등단시인이 되었다. 그러더니 sns에 자신의 글을 올리고 스스로를 작가라고 칭했다. 물론 시인으로 등단했으니 맞는 말이지만 말이다. 매일 조회수에 일희일비하더니 구독자가 늘었다고 자랑했다. 내가 성심성의껏 읽지 않으니 자신의 글을 진지하게 읽어주는 구독자가 그렇게나 좋았나 보다. 그녀는 매일 애정을 다해 글을 쓰고 게시했다.

한두 해 그러다 말 것이라고 가소롭게 보았더니 취미를 넘어선 행보를 하기 시작했다. 본캐는 아이들을 가르치는 강사인데 부캐가 시인이더니 부-부캐로 작가라는 옷을 제대로 장착하기 시작했다. 원고를 다 쓰더니 '초고는 쓰레기'라며 고쳐 쓴다. "마감이니 다 조용해"라는 엄포를 놓는다. 제발 그만하고 미뤄둔 살림에 손을 대면 좋으련만. "작년에 3권 출간했는데 올해 3권의 책을 다 출간하는 게 목표야"라고 말한다. 울고 싶다. 작년에 결국 말한 대로 이루었으니 올해도 이루고야 말 것 같은 불길한 예감. 말린다고 그칠 여자가 아니다. 이제 대충 읽고 아무 말로 피드백해주면 안 되는 작가의 남편이 되었다. "뭐가 좋아졌어?" "내가 하려는 말이 뭐 같아?" "세 번째 챕터는 독자 입장에서 어떻게 느껴져?" 그녀의 질문은 점점 뾰족해졌고 나는 더 피곤할 뿐이다.

그녀는 아이들을 보낸 오전 시간과 가게 문을 닫은 후 저녁에 오롯이 쓰기에 매진한다. 아이들은 엄마의 부재를 즐기지만 반갑지 않다. 귀가하면 원고를 쳐다보며 '왔어요'라고 한다. 외로움이 조금 밀려온다. 이런 단점에도 불구하고 그녀의 쓰기 근육은 남다르게 강해졌다. 첫 책을 쓸 때는 세상이 널리 알도록 유세를 떨었다. '힘들어, 글이 막히네, 자신 없는데, 포기할까'를 반복하더니 몇 권 출간 후 글을 쓰는 티가 나지 않는다.

한 달 만에 초고를 썼다면 목차를 브리핑해주는데 꽤 설득력이 느껴진다. 속으로 무척 놀랐지만 알은체하지 않았다. 글쓰기에도 근육이 있다면 그녀의 쓰기가 내 허벅지 근육처럼 두꺼워졌나 보다. 요즘은 글 쓰는 유세를 부리지 않고 일반인처럼 산다. 자기 멋대로 시간을 자르고 붙여 어디선가 쓰고 있나 보다. 계속 원고를 쓴다는 말을 하는 것을 보면 말이다. 몰두하고 고민하고 올인하는 만큼 자라는 게 근육이라면 나의 축구로 만든 근육과 그녀의 쓰는 근육은 견주어도 손색이 없을 것만 같다. 물론 내 근육을 따라올 수 없게 만들기 위해 축구에 더 정진해야겠다.

어느 날부터 남편이 "고마 해라, 이제 대강하고 집안을 돌봐야지"라며 잔소리를 했다. 말은 그런데 "원고를 얼마나 썼냐? 막히지 않냐? 교정지는 언제 도착하냐?"등 꽤 전문적인 출간 과정을 꿰고 물어본다. 이상한 심보임에 틀림없다. 말려봤자 안 된다는 것을 알게 된 것일까? 내가 남편의 축구를 말려봤자 안 된다는 사실을 알고 "잘한다 잘한다" 부추기는 심리와 비슷할 듯하다.

쓰기가 근육이라면 더 연마해서 100세 이상 쓰고 싶다. 다변하는 세상, 그것을 바라보는 나의 사색의 변화와 깊이를 기록하고 싶다. 쓰기 근육뿐 아니라 100세까지 쓸 수 있는 몸의 근육을 만들기로 했다. 일단 눈이 생명이다. 보이지 않는다면 읽을 수도 없고 쓸 수도 없다. 그래서 안구 운동을 한다. 그리고 오래 타자를 치면 손가락이 무뎌지니 악력을 높이기 위해 손을 펴서 쭉쭉이를 한다. 독서를 할 때 책을 높이 올려두고 엉거주춤 자세로 허벅지와 코어 근육을 단련한다. 미용을 위한 약속이라면 무너지기 쉽지만 글을 오래도록 쓰기 위한다는 목적을 세우니 운동할 동기가 생긴다. 쓰기 위해 내적 지구력을 길렀다면, 이제 외적 지구력도 키우는 게 마땅하다. 오랫동안 쓰는 사람으로 살기 위해서 말이다.

글 쓰는 사람의 그윽한 향기

마음이 답답할 때 도움을 얻고자 책을 읽었다. 사람은 못해줄 위로를 책을 통해 받기도 했다.

목적지를 찾지 못해 방황할 때 길을 알고 싶어 책을 읽었다. 지도에는 없지만 책은 스스로 지도를 만들게 인도해 주기도 했다.

심심하지만 무료하게 보내고 싶지 않을 때 책을 읽었다. 티브이를 보는 것보다 생산적인 일을 하는 것 같아 뿌듯하기도 했다. 책을 한 권 읽을 때마다 한 페이지 혹은 한 문장이라도 그들의 지혜가 내 안에 차곡차곡 쌓이리라 믿었다. 책의 진리가 내 삶에 묻어 나오리라 굳게 믿으며 책을 읽었다.

책을 읽을 생각에 가득 차 글을 쓸 수 있다는 생각은 감히 하지 못했다. 지인의 권유에도 나와는 상관없는 일이라 생각했다. 상상의 나래를 펼치기 시작한 순간이 그때부터였을까?

'만약 내가 책을 쓴다면?' '에이…… 내가 책은 무슨……,' 나는 쓸 수 있는 자격이 아니라 단정 지어버렸다. 그럼에도 상상은 제멋대로 머릿속

을 활보하고 다녔다

'무엇을 쓰고 싶을까⋯⋯.' '무엇을 쓸 수 있을까.' 내가 전문가도 아니고 뭐 쓸 거리나 있겠어. 나보다 훌륭하고 글을 잘 쓰는 사람이 얼마나 많은데⋯⋯ 시작을 말자 다짐했다.

'내 글로 하여금 혹시나 위로나 도움을 받을 수 있는 사람이 있을까?' 만약 내 글로 누군가에게 도움을 줄 수 있다면 그건 정말 가치 있는 일이겠다는 생각이 들었다.

'혹시나 내 글을 보고 욕하진 않을까?' 역시나 걱정은 기대와 동반되어 따라왔다. '그래 역시 아니야. 욕먹고 스트레스 받아 가면서까지 쓸 필요는 없지.'

함께 오는 생각들은 반복을 좋아한다. '그래도 혹시나 한 사람에게라도 내가 도움을 줄 수 있다면 어떨까?''

생각이 커질 무렵 어느새 책상 앞에 앉아 노트북을 펼치고 있는 나를 보게 되었다. 썼다 지우기를 반복하며 애쓰고 있었다. '누가 시킨 것도 아닌데 나 왜 이러고 있지⋯⋯.' 하다가 몇 장 쓴 게 아까워 채워나가기 시작했다. 어느새 초고의 분량이 채워질 무렵 초고도 썼는데 투고해 볼까 하는 근거 없는 자신감이 들었다. 이왕 투고하는 거 마음에 드는 출판사랑 계약하면 좋겠다 생각했다. 나의 욕심은 반비례하는 법이 없다.

그러다 운이 좋게 좋아하는 출판사와 계약을 하게 되었고 첫 책을 출간하게 되었다. 첫 책이 나오던 날은 자식 하나를 낳은 것 마냥 감격스러웠다. 세상에 내 이름으로 된 책이 나오다니. 인생에서 내가 나에게 주는 가장 큰 이벤트였다. 혹시, 설마 하고 시작했던 작은 씨앗이 달콤한 열매가 되어 나를 기쁘게 해주는 순간이었다.

첫 책의 기쁨도 잠시. 다시 나를 괴롭히기 시작한다. 작가는 글을 쓰는 사람이지 책을 낸 사람이 아니라는 생각에 어느새 컴퓨터 자판 앞에서 머리를 쥐어 잡고 있는 나를 발견한다. 또 왜 사서 고생이냐 싶은데 끊질 못하겠다. 그렇다고 글 솜씨가 늘어가는 것도 아니다. 오히려 날로 초라해지는 글 같잖은 글을 보고 실망하고 고민한다. 글이 글로 가는 건지 골로 가는 건지 헷갈린다.

고통을 즐기는 삶을 이해하지 못했다. 글을 쓰며 아주 조금은 알 것 같다. 고통을 즐기는 사람은 변태라 생각했지만 글쓰기만은 예외인 걸로 해두고 싶다.

지금도 머리를 움켜지며 다음 글의 내용을 생각하며 자판을 두드린다. 커서가 멈춰 깜박거림만 보일 때면 내가 지금 뭘 하고 있었던 건지 머리가 새하얘진다. 글을 쓰며 수십 번도 집어치워야지 했다가도 다시 열어본다. 글쓰기의 마력인 것인가. 매력인 것인가.

오늘도 한글문서를 연다. 오늘도 사서 고생을 한다며 자책으로 시작한다. 오늘도 여전히 나의 문장력에 실망한다.

그래도 글 쓰는 내 모습이 좋다. 진하고 화려한 글을 쓰지 못할지라도, 그저…… 그윽하게 잔잔히 계속해서 글을 쓰고 싶다.

글을 쓴다는 것

성연경

코로나로 지친 일상의 어느 날, 글쓰기 모임을 해서 책을 내자는 연락을 받았다. 배움에 적극적인 나는 글쓰기를 공부한다는 생각으로 흔쾌히 참여 의사를 밝혔다. 무슨 정신으로 하겠노라 했는지 모르겠지만 모임의 시작이 다가올수록 어떻게 해낼 것인가 부담감이 밀려오기 시작했고 그러다 20살 대학시절이 떠올랐다.

대학을 입학하고 동아리 모집 기간이었다. 게시판에는 온갖 동아리들의 홍보 포스터가 가득했고 학생회관 길목에는 홍보부스들로 학교가 시끌시 끌했다. 어떤 동아리에 가입해 알찬 대학생활을 보내 볼까 기대에 가득 찬 친구들과 홍보부스를 돌아다니며 고민을 하던 중 내 눈에 들어온 것은 교 내방송국 수습국원 모집 포스터였다. 나는 자석처럼 이끌려 모집에 응시했 다. 친구들은 즐길 수 있는 동아리를 알아보자며 만류했지만 나는 이미 결 심을 굳혔고 친구들의 달콤한 속삭임은 귀에 들어오지 않았다.

대학방송국은 초중고 시절 알고 있던 교내방송부와는 차원이 달랐다. 1 차 필기시험, 2차 면접 등 호락호락하지 않은 테스트를 통과해야 했고, 수

습국원으로 선발되어도 일정 기간 동안 여러 가지 교육을 받은 후 최종 심사를 통과해야 정국원이 될 수 있었다.

도전 의지가 불타올랐고, 캠퍼스에 목소리가 울려 퍼지는 상상을 하며 테스트에 참여했고 바람대로 수습국원에 선발되었다. 합격의 즐거움도 잠시, 빡빡한 교육일정에 눈앞이 캄캄했다. 학업으로 지쳐있던 고교시절을 마감하고 풋풋한 대학생이 되어 캠퍼스의 낭만을 즐기며 여유로운 시간을 가질 수 있을 거라 기대했는데……. 내 무덤을 내가 판 것이었다.

학과 적응도 덜 된 어리바리 신입생이 수습국원 교육까지 받으려니 여간 힘든 일이 아니었다. 그러나 이런 사정을 봐줄 리 없는 호랑이 같은 선배들의 실무교육과 여러 방송사와 신문사의 위탁교육은 이어졌고 몇 번의 중도 하차 고비를 이겨내고 당당히 정국원이 되었다.

방송국 내 여러 부서 중 보도부에 배정되었고 학생기자가 되었다. 교내·외에서 일어나는 일들 중 학우들의 관심사가 되거나 전달해 줘야 할 것들에 대해 직접 취재해 기사를 작성하고 방송 편성시간에 송출했다. 편성을 기획하여 계획안을 작성하고 승인을 받아 취재하고 그것을 기사화했다.

초창기에 원고를 제출하면 선배들과 교수님을 거쳐 빨간 줄이 마구 그어져있는 교정된 원고가 돌아왔다. 글쓰기라고는 고교시절 독서 감상문 숙제가 다였고, 수능시험 언어영역 수준의 어휘력뿐인 이과생이었던 나는 동기들 보다 더 열심히 쓰고 배워야 했다.

정확한 정보 전달을 위해 올바른 글을 써야 했고, 음성 전달에 용이하도록 방송원고화 해야 했기에 당연한 절차였으며 그 순간들이 모여 나를 성장시키고 있었음을 그때는 몰랐다. 돌아온 원고의 빨간색 표시만이 관심사였다. 교정 표시가 적은 날은 실력이 인정받은 것 같았고, 많은 날은 실의에 빠지기 일쑤였다.

시간이 흐르고 원고에 첨삭들이 줄어들 즘 신입국원들을 맞이하게 되고 그들의 원고를 검토하는 위치가 되었을 때 비로소 짜증 나고 힘들었던 빨간 줄의 시간들이 얼마나 중요한 순간이었는지 알게 되었고, 그 시간들을 버텨내며 엄청난 성장을 했다는 것을 깨달았다. 돈 주고도 배울 수 없는 경험들을 대학방송국에서 경험할 수 있었고 꼬박 3년을 그곳에 청춘을 바쳤다 할 정도의 열의를 불태우며 언론인의 꿈을 키웠었다.

그렇지만 학교를 졸업 후 원하던 언론인이 되지 못했다. 꿈보다는 돈을 쫓는 직업을 거치며 20대를 보냈고, 결혼을 하고 두 아이의 엄마가 되었다. 그렇게 나의 꿈은 멀어져 갔고 열정적이었던 나의 대학생활은 추억 속에서 아련해졌다.

모임을 시작하며 오랜만에 글을 쓰는 설렘과 '맨땅에 헤딩은 아니겠지.'라는 생각이 있었다. 그런데 정작 글을 쓴다는 것을 마주하게 되었을 때 자신이 없었다. '예전에 글 좀 썼었어요.' 하기에는 시간이 너무 많이 흘렀고, 태교일기도 제대로 쓰지 않으며 살았던 세월이었다. 이제는 글로 표현하기보다 말로 떠드는 것이 익숙하고 편한 아줌마라는 자각이 들었다. 아니나 다를까 첫 시간 글이라고 써보니 20살 갓 학생기자 시절 쥐어짜며 쓴 원고 같았고, 그것을 공유하려니 빨간 줄이 그어진 교정본을 받아들 때의 긴장감과 두근거림이 느껴졌다. 늦기 전에 발을 빼고 싶었고 포기할 핑계들을 찾고 싶었다.

글을 쓰고 책을 낸다는 것, 더군다나 나의 인생과 생각을 내 보이는 에세이를 쓴다는 것은 상상해 보지 않은 일이었다. 그렇지만 이 프로젝트를 함께하며 다시 꿈을 꾸고 있다. 지극히 평범한 일상을 살아가던 애 둘 엄마인 나에게 다시금 글을 쓴다는 것은 세상에 나를 내 보이며 때론 헐벗은 것처럼 부끄럽고 손발이 오그라드는 일이다. 그렇지만 열정적이었던 지난 시절을 소환하고 해낼 수 있다는 자신감을 불러일으키는 일이다. 빨간 줄 그어가며 채찍질하지 않지만 본인들의 노하우들을 아낌없이 공유하며 느림보 거북이처럼 천천히 가도 괜찮다며 응원하고 끌어주는 든든한 동행자들과 함께여서 포기할 수 없는 것이 되었다.

계획대로 흘러가는 것이 아니라서 더 재미있는 것이 인생이라면 그 인생이라는 파도에 몸을 맡기고 짜릿함을 즐겨볼 생각이다.

꿈꾸는 우리들

하브루타 수업 첫날을 잊을 수 없다. 그 첫날의 충격으로 지금까지 하브루타를 할 수 있었다 해도 과언이 아닐 정도로 신선한 충격이었다. 첫 수업 시간에 선생님은 우리에게 자신의 인생그래프를 그려보라고 하셨다. 과거부터 현재 미래까지 자신의 인생을 그래프로 나타내보라는 것이다. 단지 인생그래프를 그려보라는 말만 했을 뿐인데 체면술사의 말에 응하듯 그래프 그리기에 빠져들었다.

나의 인생을 생각해보았다. 10대, 20대, 30대, 40대 그리고 미래를 그려보았다. 30대 중반 결혼하기 전까지 치열하게 놀았다. 그 당시 늘 즐겁고 행복했다. 그러나 지금 나의 인생그래프를 그리다 보니 그 시절의 행복이 진정한 나의 행복이 아닌 것처럼 느껴졌다. 꿈도 없고 미래도 없고 단지 현재의 행락에만 즐거웠던 시절이다.

30대 중반 결혼을 하면서 조금씩 그래프가 올라간다. 나의 인생그래프가 결혼이라는 새로운 희망으로 조금씩 올라가긴 했지만 곧 육아라는 가장 큰 행복이자 나를 쪼여오는 가장 큰 옥쇄로 잠시 주춤거린다. 사십대

초반이 되고 다시 무엇인가를 해보겠다고 시작한 하브루타 첫 시간을 기점으로 인생그래프는 계속 상승하고 있다. 인생그래프를 발표하면서 목소리가 떨리기 시작했고 앞으로의 상승곡선을 상상하며 눈물이 쭈르르 흘러내렸다. 왜 눈물이 흐르는지 목소리는 왜 떨렸는지 모르지만 내 가슴 한 곳에 박혀있던 꿈이라는 것이 조금씩 조금씩 온 몸을 따뜻하게 감싸기 시작하는 것을 느꼈다.

이렇게 시작한 하브루타 공부는 우리를 이끄는 선생님에 의해 1급 과정, 하브루타 토론대회 심판자격증, 슬로리딩 지도사까지 쭉 이어졌다. 부끄러운 이야기지만 난 수능때조차도 이렇게 공부해 본 적이 없었다. 내가 공부를 스스로 찾아서 하고 스스로 책을 찾아 독서를 하고 이때까지 경험해 보지 못한 일들을 마흔이 넘은 나이에 시작했다. 수업을 가는 날은 발걸음부터가 달랐다. 가볍고 자신감 있는 나의 발걸음을 느끼며 그 느낌을 잃어버리고 싶지 않았다.

수업을 다녀 온 어느 날 남편이 내게 이런 말을 한 적이 있다.

"너 수업 갔다 오면 조잘조잘 엄청 말이 많아지는 거 알고 있니? 그렇게 재밌니?"

"응? 내가 그랬어?"

그렇다. 수업을 갔다 오면 흥분하여 남편을 따라다니며 그날 수업에 대해 얘기를 하곤 했다.

여기서 우리는 만났다. 오랜 육아로 지쳐 있는 와중에도 아이들 잘 키워보겠다는 공통된 마음으로 만나 웃음과 눈물을 공유하며 함께하였다. 우린 공부를 마치고 독서 하브루타 모임을 시작으로 협회를 만들었다.

어느 날 어디서 겁도 없이 덥석 물고 온 공모사업에 도전하게 되었다. 농어촌희망재단에서 주최하는 교육문화복지사업이었다. 먼저 지원자격과 지원 대상을 검토하고 농촌 작은 학교에서 시행할 하브루타 프로그램을 기획하였다. 지원조건이 되는 학교리스트를 작성하고 학교 섭외에 나섰다. 어디서 그런 근자감(근거 없는 자신감)이 나왔는지 모르겠다. 무서운 것이 없었다. 마치 무적의 외인구단이 된듯했다. 우린 고군분투 끝에 2019년 연말 농어촌희망재단 교육문화복지사업에 당당히 합격하였다.

이 일을 시작으로 우린 많은 것을 기획하고 시도하며 적당한 성취감과 실패를 맛보았다. 그러면서 부족한 부분은 프로젝트형 학습공동체를 만들어 공부하였다. 끊임없이 도전하고 노력하는 우리의 다음이 무엇일지 기대되는 지금이다.

언제나 꿈꾸는 우리들이 좋다. 우리 안에서 나를 찾을 수 있어서 좋고 함께 성장할 수 있어서 좋다. 우리 안에서 개개인의 성장을 보고 시기 질투가 아닌 격려를 해 줄 수 있어서 좋다. 우리 안에서 이야기를 경청하고 공감할 수 있어서 좋고 서로를 더 알아갈 수 있어서 좋다. 우리 안에서 다양한 정보를 공유할 수 있어서 좋고 함께라서 좋다.

part 3

우리가 함께인 길

유능한 서퍼가 되지 않을 이유

최신애

나는 어떤 영상을 만나면 그 자리에 멈춰 멍 때리곤 한다. 유독 그 장면에 힐링을 느끼는 이유는 나도 잘 모르겠다. 장면에 시선을 멈추고 주시하면 좌뇌가 멈추고 우뇌가 활발해지는 느낌이다. 그래서인지 서핑 영상에서 다른 채널로 쉽게 넘어가지 못하나 보다.

밋밋한 파도를 유유히 즐기다가 급작스레 닥치는 파고를 부리는 짜릿함에, 서퍼들은 바다를 향하나 보다. 보드 위에서 팔을 휘저어 더 위험천만인 파도에게 다가간다. 그리고 그 파도에 휩싸여 넘어지거나 다시 일어선다. 노련한 서퍼는 아예 파도를 가지고 노는 듯 능숙하고 유려한 동작을 선보인다. 파도에 넘어지거나 파도를 다스리며 달리는 서퍼의 몸놀림에서 경건함마저 느낀다면 과할까? 파도가 높이 오르다가 떨어지며 덮칠 때, 서퍼는 둥글게 말리며 부서지는 포말 사이 좁은 틈을 시원하게 관통한다. 와우~.

산다는 것은 매번 다른 얼굴을 한 파도와 같다. 순풍에 잔잔하던 바다는 언제 그랬냐는 듯 높아져 위협하며 달려들곤 한다. 한적하게 뱃고물에 누워 뜨거운 햇살을 느끼다가도 파도가 들썩이면 아무도 말릴 수 없다. 언제

닥쳐올지 언제 잠잠할지 알 길이 없다. 나의 인생이 시커먼 대해에 떠있는 작은 통통배인 듯 막막할 때가 있었다.

아이들이 어릴 때 어려움이 많았지만 최선을 다했다. 예상치 못한 환경에 초보서퍼처럼 파도 앞에서 떨곤 했다. 어떻게든 보드에서 미끄러져 떨어지지 않으려고 단단히 붙든 손이 얼얼했다. 하나가 끝나 평화가 찾아오는가 하면 연방 다른 일이 닥쳤다. 이런 여정은 늘 처음이라 답안지가 필요했다. 답안은 다름 아닌 사건을 다른 관점으로 해석하는 것이었다. 위기를 반면교사 삼을 때 난관의 파고가 낮아졌다. 긍정적 생각훈련 덕분에 자주 힘들었지만 결국 감사했다.

그런데 어려움의 사이즈가 과중할 때는 하루 이틀 씨름을 해야 했다. 견디는 게 더 자연스러워졌지만 속은 앓고 있었다. 이런 막막함을 이길 묘안은 문제의 해결이 아니라 사람에게 있었다. 초라함을 꺼내도 안전한 다른 초라함 앞에 서는 것이 또 하나의 답안임을 알게 되었다. 서로의 바닥이 만나 "괜찮아, 최선을 다했어, 그 모습도 사랑스럽네."라고 서로의 어깨를 내줄 수 있는 관계. 그들의 고통이 나의 경험과 닮았을 때 묘하게도 세상이 덜 무서워보였다. '온 우주에 나만 이상한 사람이 아니었다'라고 느끼는 증인들과 함께라면 어려움을 넘어설 수 있다.

환경과 사건이 달라도 공통점은 있게 마련. 그럴 때 타인의 고통과 내 것은 내밀하게 연결된다. 그리고 내 문제를 제대로 처신하지 못한다는 자책이 한풀 꺾인다. 이 과정을 통과하는 사람은 주관적 고통을 객관적으로 보게 되며 별로였던 자신이 얼마나 대견한지 알아차리고야 만다. 그저 타인과 함께 읽고 쓰고 듣고 말하다 보면 우주가 새로운 질서로 정리되곤 한다. "별일 아니네?" 비대면으로 만나든 대면으로 만나든 위로와 힘을 얻는데 한계가 없다. 우리의 등허리 어디쯤 생명의 동아줄이 연결된 것 마냥 든든해진다.

바다에 띄워진 작은 배가 인생이라면, 파도라는 역경을 거역할 수 없다. 파도를 부릴 재간이 없으니 파도에 엎어지고 결국 다시 일어난다. 그럴 때 혼자가 아니라 함께라면 버틸 수 있어 다행이다. 혼자일 때 작은 배 정도라면, 함께일 때 통나무를 엮은 뗏목이라고 할 수 있겠지. 통나무 하나는 둥근 모양으로 헛 돌기 십상이다. 누구도 태울 수 없다. 그런데 통나무 여럿을 거리를 두고 밧줄로 친친 감으면 높은 파도라도 견딜 수 있다. 벌어진 사이로 바닷물이 철썩이지만 괜찮다. 서로 어깨동무했기 때문에 너끈히 이길 수 있다. 그것이 우리가 모이는 이유이기도 하다. 책 쓰기라는 목표로 모였지만 이제 서로가 만남의 이유가 되고 있다.

과거의 나는 혼자 유유히 파도를 넘는 유능한 서퍼가 되고 싶었다. 그런데 묘안은 다른 데 있었다. 혼자 뒹굴 거리던 통나무가 어깨를 나란히 하며 줄로 연결되는 그것이다. 각자 짊어진 고생과 무게는 글을 쓰는 배경이 되고 서로를 위로하는 재료가 된다. 혼자 유능한 서퍼가 되지 않아도 되는 답안을 '우리'에서 찾았다. 꽤 쓸 만한 정답인 것 같다.

영화에게

영화에게

안녕? 나야. 넌 어렸을 때 누가 이름을 물으면 이름도 대답하지 못할 정도로 소심하고 내성적인 아이였어. 너 자신을 드러내는 걸 많이 무서워하고 두려워했지. 그래서 항상 너의 모습을 내보이기보다는 다른 사람의 말을 듣는 것에 익숙해져 있었어.

결혼을 하고 처음 넌 남편에게 적응한다고 힘들어했지. 한 번도 자신을 드러내 보지 못한 너에게 마음 깊숙이 박혀있는 작은 것 하나까지 알려고 하는 남편이 너무 힘이 들었을 거야.

하브루타 첫 시간을 잊을 수 없는 이유는 이렇게 살아온 네가 그 첫 시간에 무슨 용기가 나서인지 자발적으로 손을 들고나가서 너에 대해 발표를 했다는 거야. 아마 그동안 소심하고 내성적인 알을 깨고 나오고 싶었나봐.

그때부터 너에게는 많은 변화가 왔어. 현실유지형이던 네가 미래지향형으로 바뀌었다고 해야 하나?

어느 순간부터 하고 싶은 일들이 많아졌고, 대중들 앞에서 그들의 마음을 움직이게 하는 김미경 강사처럼 되고 싶은 꿈도 생겼어. 눈앞의 이익에 아등바등하던 네가 천천히 인생을 살아가는 법을 배운 거 같아.

넌 성공한 삶을 꿈꾸는 반면 성공보다 매년 더 성장하는 사람이 되고 싶어한다는 걸 알고 있어.

영화야! 넌 올해보다는 내년이 내년보다는 후 내년이 더 멋진 모습을 맞이하게 될 거야. 우리 조바심 내지 말고 천천히 한 걸음씩 공부하며 겸손한 마음으로 열심히 하자.

밝은 너의 미래를 지켜볼게. 앞으로는 영화 너를 누구보다도 아끼고 사랑할게. 누구보다도 영화 널 응원해. 파이팅! 사랑해!

2021. 4. 어느 날
영화가

당신에게 하고픈 말

이혜진

내가 나로 사는 것만큼 의미 있는 것이 있을까, 이것만큼 나중에 후회되지 않는 일이 있을까 싶어 말로는 하지 못한 마음을 글로 담아보려 한다.

남편에게.

옆에서 바라보는 남편은 대부분 '나보다 너, 나보다 우리'라는 개념이 강한 거 같아. 그 배경에는 5남매가 같이 자란 배경 때문이지 않을까? 피곤할텐데도 먼 길을 항상 혼자 운전하려는 당신, 맛있는 음식은 상대방에게 양보하고 배려하는 당신, 나보다 우리를 먼저 생각하는 당신에게 꼭 하고 싶은 말을 남길게.

"자기가 하고 싶은 일을 하면서 살았으면 좋겠어. 우리 생각하지 말고, 다른 사람 생각하지 말고 이제는 자신이 하고 싶은 것, 좋아하는 것을 했으면 좋겠어.

타인이나 우리를 먼저 생각하지 않는다고, 나를 먼저 챙긴다고 이기적인 것은 아니야. 당신의 장점 중 하나는 항상 상대방을 배려하는 마음을 가지고 있다는 거야. 배려도 하지 않고 이기적이면 사람들이 싫어하고 배척하겠지. 이제부터는 자신의 삶의 만족을 위해 고민하고 본인에게 배려했으면 좋겠어. 그리고 당신이 하고 싶은 걸 했을 때의 그 감정을 느꼈으면 좋겠어.

이 글을 읽고 있는 당신은 이런 말이 이해되지 않겠지만 요즘 내가 자주 하는 말 있지? 여자 말 들어야 한다니까~~.

매일 매 순간 자신보다 우리를 생각하는 당신에게 일주일에 하루쯤은(주말은 아니었으면 좋겠다. 주말에 하고 싶으면 한 달에 한 번쯤으로 수정할게. 조건 달아서 미안^^) 오롯이 본인만을 위해 살아보길 바라. 항상 응원해 줘서 고마워."

복덩이, 쭉쭉이에게.

FM, 사교적, 활동적, 뛰어난 관찰력, 논리적, 몰입력, 흡수력, 기억력, 손깍지를 좋아함, 수줍음, 김장군, 고고학자, 블랙이글스, 전투기 조종사, 육군, 해군, 소방관, 파충류, 독수리, 복덩이. 7살 너의 성향과 관심사를 적어보았어.

엉뚱함, 말괄량이, 오빠보다 더 활동적, 집요함, 하나에만 빠짐, 엄마 따라하기, 오빠 따라하기, 인정받고 싶은 욕구가 강함, 칭찬받는 걸 매우 좋아함, 시샘, 창의력, 핑크, 빨강, 소방관, 남자 성향이 보이지만 사실은 여자여자한 쭉쭉이. 5살인 너를 표현할 수 있는 단어를 떠올려보았어.

너무나도 다른 성향을 가진 너희들. 그렇기에 너희들에 대해서 더 많이 공부하고 생각해 보고 시도하면서 엄마가 많이 성장했어. 고마워. 혼이 날 때면 엄마의 부족함 때문인 거 같아 마음이 아프단다. 많은 시간을 같이 보낸다는 이유로 짜증을 내고 혼을 내도 엄마가 좋다며 안아달라는 너희들에게 많이 고마워.

이제 친구들이 점점 좋아질 나이가 온다고 생각하니, 엄마품에 안겨 있을 시간이 얼마 남지 않았다고 생각하니 지금 이 시간이 너무 소중해. 우리 그동안 같이 캠핑도 다니고, 여행도 다니고, 놀기도 하며 즐거운 추억 만들자.

엄마는 그동안 '나'의 삶을 준비하고 있을게. 출근하고 야근과 회식으로 귀가가 늦은 아빠와 아침에 등교해서 학원 다니고 친구들과 노느라 저녁이 되어야 오는 너희들을 엄마는 고요한 집에서 기다리고 있겠지. 그때 엄마 마음이 힘들지 않으려면, 아빠와 너희들에게 매달리지 않으려면 나의 시간을 가져야 할 거 같아. 엄마가 아닌 나로 살아간다면 엄마도, 너희들도, 아빠도, 우리 가족 모두 행복해진다고 믿어. 모두가 행복함을 느낄 그날을 위해 우리에게 주어진 하루하루를 충실하게 지내자. 하늘만큼, 땅만큼, 우주만큼, 새빨간 장미만큼 사랑해.

부모님께.

아이들을 낳고 키워보니 조금씩 철이 드는 것 같습니다. 이제 7살, 5살이 된 아이들을 돌보는데도 어깨에 올려진 짐의 무게가 상당한데 앞으로 성숙한 성인으로 키울 생각을 하면 앞이 깜깜하기도 합니다. 부모님께서 저희를 어떤 마음으로 키웠을지 생각하면 감사하고 존경한다는 말로도 부족함을 압니다.

둘째를 낳고 육아가 힘들 때를 제외하고 양가 부모님께 힘들다고 "아이들 보는 것 도와주세요."라고 말씀은 드리지 못했습니다. 이제까지 저희들을 키우면서 고생하신 부모님의 마음을 조금이나마 알 것 같아 또 이런 힘듦을 삶에 얹어드리기가 죄송한 마음이었습니다.

"이제까지 고생했으니 하고 싶은 것 하시면서 엄마, 아빠 인생 사세요."

라고 말했었지만 내가 힘들다고 부모님께 부탁드리는 건 그 말에 책임지지 못한다는 뜻이겠지요. 그리고 아직 다 모른다는 뜻이겠지요. 우리 아이들이 아이를 낳아 제가 부모님의 입장이 되어봐야 알 수 있겠지요. 부모님의 내리사랑을요.

제가 부모님께 드리고 싶은 말씀은 여전히 같습니다.

"이제까지 고생하셨으니 하고 싶은 것 하시면서 엄마, 아빠 인생 사세요. 그리고 건강하세요. 저희를 인간으로 만들어주신 부모님, 감사드리고 사랑합니다."

나에게.

보잘것없던 나라고 생각했었지. 지나온 인생 중 잘한 것은 보지 못했고 아쉬운 부분만 보았으니까. 하지만 그런 모습도 결국 나였어. 10대, 20대에 어딘가에 빠져있었던 몰입과 열정을 그리워하며 30대에는 그 열정이 언제 다시 나타나나 기다리고 있었는데 이제 그 길에 들어선 거 같아 다행이야.

나에게 찾아온 인생을 즐길 또 한 번의 기회라 생각해. 10대에는 아무것도 모르고 빠져들었고, 20대에는 힘들어도 재미를 느끼며 지냈다면, 30대에 만난 이 감정과 마음가짐은 이전과는 조금은 달라 보여. 지난날 살아온 삶을 통해 배워온 것들을 전략적으로 활용하며 즐기고 싶어. 다시 한번 두근거리는 삶이 시작된 지금, 응원해!

나는 나를 사랑해서 글을 쓰기로 했다

김명숙

내가 글을 쓴다? 쓴 글로 출간을 한다? 스스로를 브랜딩 하는 일엔 숙맥이요, 예쁘게 포장할라치면 손 떨림에 귀까지 빨개지는 나는 요즘 시류와 맞지 않는 사람이다. 글이나 이미지를 넘어 이제는 영상으로 통하는 것이 더 편안한 시대. 나는 왜 글을 쓰려고 하나?

나는 글을 써 왔거나 쓰는 사람이 아니다. 초등 저학년 때 일기 쓰기 숙제를 제외하곤 글을 써본 기억이 없다. 중고등학교 때 숙제나 대학 리포트를 글에 포함한다면 글을 쓴 이력이 조금 늘어날까. 글은 작가나 기자를 직업으로 가진 사람들의 밥벌이에 한한다고 생각했었다. 젊은 날 가끔 쓰던 손 편지도 이제는 이메일과 다양한 SNS의 영역으로 넘어가 버린 시대다.

함께하는 귀한 동행자가 있다. 중년의 그녀들은 에너지가 넘친다. 세상에 가장 무서운 게 애 딸린 중년 아줌마라는 말이 있다. 이 말은 부정적 영역이 부각되는 말이지만 우리의 겁 없음은, 어제의 나보다 한 걸음 나아가게 하는 긍정의 무서움 없음이다. 코로나19로 인한 강제 칩거로 무서울 게 없는 우리의 모임도 기약 없는 휴면에 들어갔다. 그 유명한 코로나 사태의 중심지인 대구에 거주하는 시민으로 누구보다 공포스럽고, 힘겨운 거리 두기였다. 그 당시는 바깥공기를 마시면 죽기라고 할 것처럼 완벽한 거리 두기의 시기였다. 열흘, 스무날, 한 달이 지나갔다. 상황은 조금씩 진정되어 갔고, 거리 두기의 시간만큼이나 삶을 나름대로 적응시켜 나가기 시작했다. 온라인으로 만날 수 있는 여러 통로들이 생겨났고, 사람들은 빠르게 변하는 세상에 발맞추었다.

장기간의 휴면 상태는 우리의 생각을 또 다른 곳으로 움직이게 했다. 오프라인의 스터디가 외부로 다이나믹하게 열어주었다면 거리 두기의 단절은 삶의 결을 찬찬히 살피는 계기가 되었다. 삶의 결을 살피는 방법이 책 읽기와 글쓰기였다. 사실, 부담스럽다. 학창 시절처럼 시험을 보기 위한 공부도 아니요, 직업을 갖기 위해 관련 자격증 공부를 하는 것도 아니요, 그저 취미로 시작한 스터디에 데드라인을 지켜 글을 쓴다니.

나는 규칙적 생활을 굉장히 소중히 여긴다. 언제나 잔잔한 일상의 기쁨을 우선순위로 꼽는 사람이다. 페이스북의 창시자 마크 저커버그의 말을 빌려와서 나를 표현하자면, 나는 뜨거운 열정을 가진 사람을 동경하지만 나의 라이프스타일은 지속적 열정을 추구하는 편이다. 하여 나는 일본의 유명 작가 무라카미 하루키를 존경한다. 쓰든 못쓰든 책상에 앉아 일정 시간을 버티고 앉아 있는 규칙성과 근성을 사랑한다. 글 쓰는 많은 사람들 틈에서 내가 글을 써도 되는 작은 이유는 따라갈 수 없는 글쓰기 재능이 아닌 근성이니까. 그의 규칙적 삶을 모방하고 싶어 살짝 흉내 내며 살아가고 있다.

그러나 규칙적 삶을 사랑하는 마음과 동경은 있지만, 실천력은 바닥이었다. 언제나 마감일 전날 원고를 마무리해야 한다는 초조함으로 아침을 시작하여 저녁에는 곤두선 신경으로 가족들을 불편하게 만드는 일이 다반사였다.

　그럼에도 글쓰기를 계속한다. 글쓰기만큼 나를 깊이 들여다보게 하는 것을 만나지 못했다. 쓰다가 문장력의 한계로 속이 막혀 답답하다. 생각을 글이라는 결과물로 풀어내기 위해 다른 일을 하면서도 쓰다 막힌 글을 떠올린다. 부족한 듯해도 결국 나의 말로 풀어내고선 통쾌한 카타르시스를 경험한다. 글은 나를 사랑하게 했고, 꿈꾸게 하고 나아가게 하는 종류의 무엇인 것 같다.
　이제 시작한 글쓰기가 나를 어디로 데려다 놓을지 궁금하다.

세상에서 가장 멋진 일을 하는 그대에게

이영은

'인간은 노력하는 한 방황하는 법이다.'

독일의 대문호 괴테의 말이다. 살면서 방황하지 않고 확신에 찬 순간들이 얼마나 될까.

철부지 학창 시절, 늘 부모님의 잔소리와 반항하고 싶은 순간들 사이에서 방황했다. 열혈 직장인 시절, 상사의 인정과 질투 어린 동료 교사의 시선 속에 방황했다. 풋풋한 신혼시절, 신랑의 몸에 배어있던 관념들과 나에게 묻어있던 관념들 사이에서 방황했다. 고심 끝에 회사를 그만두고 전업주부가 된 후 껍데기만 있는 것 같은 주부의 역할과 나를 찾고자 하는 열망 사이에서 끝이 보이지 않는 굴속을 방황했다.

뭐니 뭐니 해도 방황 중의 갑은 엄마로서의 방황이다. 시시때때로 변하고 예측할 수 없는 아이들을 보며 육아의 방황은 갑절로 뛰었다. 아이를 잘 키우고 있는 게 맞는 건지 '이게 내 아이의 모습이구나' 하는 순간 어느새 새로운 모습을 내비치는 아이를 보며 내 마음도 함께 출렁거렸다. 아이의 부족함이 나의 모자람으로 다가왔다. 아이의 실수가 나의 책망으로 이어졌다.

좀 적응할라치면 어느새 변해버린 아이의 모습에 다른 무기들을 장착하지만 강력한 신무기는 언제나 아이에게서 나왔다.

끝이 없는 고민 속에서 괴테의 말이 엄마의 방황을 따뜻하게 감싸주는 듯했다. 방황으로만 생각했던 불안감들이 내 노력의 산실은 아닐까?라는 생각이 들었다. 인생을 부단히 노력하며 살았다고 생각했지만 엄마는 달랐다.

방황하는 청소년기를 지나 성인이 되었다 뿌듯해하기도 했다. 허락된 반항에 스릴을 즐기기도 했다. 직장 생활을 하며 내 뜻과 다른 동료들 때문에 방황했지만 그 속에 보람도 있었다. 힘들었지만 일한 만큼 성취감도 맛보았다.

누군가와 함께 가정을 이룬다는 것이 말처럼 달콤하지 않다는 사실을 깨달았지만 달달한 순간들도 분명 있었다.

그런데 엄마의 삶은 당최…… 섣불리 보람을 느낄라 치면 겸손이 다가와 뒤통수를 내려치기 일쑤이다. 갈피를 못 잡고 가볍게 불어오는 바람에도 요동을 칠 때면 아이가 오히려 나를 잡아주는 기적의 순간들도 있었다.

엄마가 되고 나서 평소엔 믿지 않았던 신들을 총동원하여 간절히 기도하기도 했다. 알지 못할 아이의 미래를 위해 다른 이에게 상처를 주지 말자 다짐했다. 행동하나 말 한마디를 조심하고 겸손해지자 수도 없이 맘속으로 외쳤다. 다짐과 뜻대로 되지 않을 땐 다시 방황하기도 했다.

괴테의 말대로 노력하는 한 방황하는 법이라면 엄마로서의 노력이 그 어떤 노력 중 최고봉이 아닐까.

방황하는 엄마들이여.

그대는 노력하기에 방황하는 것일 뿐입니다. 그대의 지금 모습만으로도 충분히 좋은 사람입니다.

방황하는 엄마들이여.

힘든 일이기에 더욱 가치가 깊어지는 것입니다. 엄마라는 가치 있는 삶이 그대를 더 깊게 만들어줄 것입니다.

방황하는 엄마들이여.

그대는 세상에서 가장 가치 있고 멋진 일을 하는 중입니다.

이 글을 읽는 그대여.

우리 방황을 함께 즐겨보실는지요..

두 번째 스무 살에게

성연경

철없던 10대를 지나 좌충우돌 20대를 거치고 인생의 단맛과 쓴맛을 골고루 맛본 30대의 끝에 서서 40대를 맞이하는 나이가 되었다. 감정적 혼란과 불안의 시기인 10대를 보내면서 스무 살이 되면 무한한 가능성이 있는 새로운 세상이 펼쳐지고 거침없는 삶을 살 수 있을 것이라 생각했다.

기대와 설렘으로 맞이한 20대는 불안정하고 험난했으며 실패와 후회를 반복하게 했고 세상은 호락호락하지 않다는 것을 알게 했다. 인생의 방향과 가치관을 정립하기 위해 몸부림을 치기도 했고 모든 것을 던져버리고 포기하고 싶은 순간들도 있었다. 그러나 매 순간 열정적이었으며 당당했고 청춘이라는 명함으로 끝없는 도전을 시도하며 많은 꿈을 꾸었다.

안정과 성취를 바랐던 30대에는 삶에 대한 여러 가지 고민과 끝없이 반복되는 결정의 순간들을 함께 했다. 때론 최선의 선택이 최악의 결과를 낳기도 하고, 무심코 한 결정이 뜻밖의 성과를 가져다주면서 인생은 어디로 흐를지 모르는 강물과 같음을 알게 되고, 강물은 흘러 결국 바다로 갈 것이라는 희망을 가지며 하루하루 최선을 다하는 삶을 살고 있다.

이제 나는 40대를 맞이해야 한다. 나이는 시간이 지나면 자연스레 오는 숫자에 불과하다 생각하며 살았고 40이라는 나이에 특별함을 부여하지 않았었다.

그런데 몇 해 전 남편이 불현듯 공허함이 느껴진다며 심리적 불안감을 호소했다. 하는 일이 잘 풀리지 않거나 가정에 불화가 있었던 것도 아니었다. 그에게 갑자기 찾아온 우울함과 무기력함이었다. 평소 성실하고 성격 좋기로 정평이 나 있는 남편은 늘 다정한 아빠이자 살가운 남편이었고 부모님께는 든든한 아들이고 사위였다. 그런 그에게 나타난 심리적 변화는 풀어야 할 숙제가 되었다. 그러나 우리가 건네는 위로는 그의 마음을 치유하지 못했고 갈피를 못 잡는 감정의 변화를 스스로 이겨내도록 기다려 주는 것 외에는 방법이 없었다.

시간이 지나 남편은 안정되었고 우리는 편안한 일상으로 돌아왔다. 그때 남편은 '벌써' 40살이라는 걱정과 함께 하고 있는 일의 성과, 가족의 안정, 친구와 같은 주변 사람들과의 관계 등을 돌아보게 되고, 그 생각의 끝에서 허무함과 상실감이 밀려왔으며 옳다고 믿고 앞 만 보고 달리던 길 위에서 방향을 잃은 듯했었다고 이야기했다.

남편은 '사십춘기'를 겪은 것이다. 분석심리학자 카를 융은 "마흔이 되면 마음에 지진이 일어난다. 진정한 당신이 되라는 내면의 신호다."라며 마흔을 인생을 통틀어 가장 중요한 시기라고 했다. 늘 긍정적이고 앞선 걱정을 하지 않는 성격의 남편에게 나이 마흔에 갑자기 들이닥친 인생의 두 번째 사춘기는 멋모르고 겪었던 좌충우돌의 십대의 사춘기보다 힘겹고 격렬했지만, 다행히 인생 후반부를 더 의미 있게 그려내기 위한 몸부림이었음을 깨닫고 잘 이겨내었다.

이제 문제는 나다. 남편의 심리적 방황기를 가장 가까이서 지켜보며 40
이라는 나이에 의미를 부여하게 되었고 "당신에게만 오는 마흔이 아니다.
시간은 누구에게나 똑같이 흘러 나에게도 마흔은 온다. 그때 당신 괜찮겠
냐."라며 그를 다독이던 시간 동안 받았던 마음고생을 표현하며 나의 마흔
에 대해 자꾸만 생각하게 되었다.

남편처럼 마른하늘의 날벼락 맞듯이 사십춘기를 겪지 말아야겠다는 의
지로 올해는 서른의 마지막이니까 알차게 마무리를 하고, 내년에는 마흔이
니 이런저런 것을 이루어야지 하며 계획과 목표를 세우기 시작했다. 그러
다 진전 없는 제자리걸음에 조바심을 내고 불안해하며 이미 40의 굴레에
빠져가고 있는 나를 발견했다.

정신을 차리고 나의 두 번째 스무 살을 위해 마음을 가다듬는다. 인생을
시계에 비유했을 때 40세는 인생의 해가 가장 뜨거운 시간을 향해 가고 있
는 길목으로 더 눈부시고 화창해질 나를 위한 시간이다.

때가 되면 이루어질 것들에 조바심을 내지 말고 지금처럼 차근차근 가
다 보면 탄탄한 인생의 후반부를 맞이하며 결과에 빛을 볼 것이다. 때때로
사십춘기 같은 심리적 방황의 순간과 마주하게 되면 아등바등거리며 채찍
질하지 않고 쉼이 필요함을 알아차리고 마음의 여유를 가지기를 바란다.

첫 번째 스무 살에 외향적 아름다움을 가꾸었다면 나의 두 번째 스무 살
은 내면의 아름다움 가득 채울 수 있는 시간이 되었으면 좋겠다. 곧 다가올
나의 두 번째 스무 살을 응원한다.

우리들의 무한도전

박지연

엄마가 되면서 새로운 인간관계가 생겼다. 조리원 동기, 어린이집 학모, 유치원 학모, 동네 엄마들 모임 등의 관계가 형성되었고 공감대라는 것을 기반으로 번개 같은 속도로 의지해가며 친해졌다. 가지 치듯 늘어난 새로운 관계는 단톡방을 찾아 헤매게 한다. 혼자면 힘들었을 고비들도 함께였기에 수월할 수 있었다.

오래 지속하고 있는 관계도 있고 스치듯 지나가는 관계도 있지만 그 모든 게 소중한 추억이다. 힘들고 외로움을 느낄 때 마음 한편에서 살짝 꺼내 보고 다시 접어 넣을 수 있는 비밀스러운 작은 관계조차 삶의 위로가 되고 힘이 된다.

이 중 하브루타 통해 형성된 관계는 아이가 나에게 준 최고의 선물이다. 나이, 커리어, 성장환경 등이 다른 형형색색의 7명이 모였다. 바라보는 방향이 같아서인지 서로가 가진 것들을 아낌없이 공유하며 돈독한 동지애를 형성했다. 누구 하나 의견을 제시하면 목마른 하이에나처럼 덥석 물었고 함께했다. 그렇게 모인 우리 7인은 독서 모임 이외 다양한 것을 시도했고 그중 하나가 바로 글쓰기이다.

처음 이 제안을 받았을 땐 영혼 없이 대답했다. 선뜻 하겠다고 할 수도 없었고 안 하겠다고 하면 후회할 거 같았다. 기회의 여신은 앞머리가 있고 뒷머리는 없다고 했는데 너무나 밀고 들어온 앞머리를 끊어낼 수 없어 수없이 결정을 번복했다. 선생님들의 고뇌가 담겨있을 글에 흠을 내지 않을까 머릿속은 터질 지경이었다. 단순한 내가 이렇게 오랜 고민을 할 줄이야, 이럴 시간에 그냥 써 내려가자 과감히 맘을 먹었다. 무모하게 시작한다고 말한 그 이면에는 이 일이 수월하게 진행될 수 있을까 하는 의구심도 깔려있었다.

목구멍까지 숨이 할딱거릴 즈음 과제를 시작하는 나를 잘 아시는 선생님은 매주 미션과 데드라인을 정해주셨다. 매주 주어지는 과제에 맞춰 완성하며 써 내려갔더니 결국은 기한 내 마무리하였다. 이 글을 수정하는 지금도 데드라인 10시간 전임을 굳이 숨기지 않겠다. 아쉽다면 수정하면 할수록 손빨래한 니트 옷감이 줄어들 듯 글들이 점점 짧아진다는 것이다.

글쓰기로 모인 7명. 빨주노초파남보 무지개로 우릴 표현한 분이 계셨다. 무지개라 하면 맑고 청아하고 따뜻함이 느껴져야 한다 생각해서인지 그 단어가 부담스러웠다. 한참을 생각해 보니 무지개, 그건 바로 우리에게 딱 맞는 것이었다. 불과 2년 전까지만 해도 서로의 생사조차 모르고 살았던 사람들이 하브루타라는 공통의 관심사로 모여 여기까지 오게 되었으니 말이다. 2년을 함께 그려간 시간을 돌아보니 우리는 다양한 도전을 했다. 작은 목표로 시작했던 우리는 '나는 나를 사랑해서 책을 쓰기로 했다'라고 하는 새로운 도전을 하고 있다. 함께 가 아니었다면 시도조차 하지 않았을 일이다.

글쓰기를 하는 몇 달을 화상으로 회의하고 의견을 주고받았다. 노트북 넘어 느껴지는 열정의 흐름에 파도 타며 같은 시간 다른 장소에서 함께 한 자 한자 써 내려갔다. 의지와 열정만 있다면 대면이 불가능한 상황은 장애물이 되지 않았다.

2년째 함께 하는 선생님들께 진심으로 감사드리며 이 인연이 내가 살아가는 동안 지속하기를 진심으로 바란다. 함께였기에 도전했고 해냈다. 부족한 나를 어르고 달래며 이끌어주신 선생님들 세상 모든 기운을 담아 사랑하고 존경합니다. (짝짝짝)

책을 마치며

일을 시작할 때 꼭 원대한 계획과 의미를 부여한 채 시작할 필요는 없다. 시작하고, 가다보면 의미 있는 곳에 다다르기도 한다. 나나책 프로젝트가 그랬다. 모여서 함께 쓰는 일이 별로인 것 같을 때도 있었고, 지식공동체의 발자취를 남긴다는 큰 사명에 어깨가 으쓱 할 때도 있었다. 한 발 한 발 내딛어 온 그 길 끝에 에필로그를 쓰고 있으니 으쓱한 감정이 우세하다. 되돌아본 여정이 흐뭇한 기억으로 그려지니 행복하다.

_ 김명숙

벅찼다. 처음 해 본 글쓰기는 글이 산으로 가고 있었다. 생각을 명확하게 글로 전달하는 것, 적절한 단어를 떠올리며 고뇌하는 것은 힘겨웠다. 하지만 이 과정을 통해 글쓰기의 힘을 알게 되었다. 지치고 힘들었던 마음, 상처로 남은 마음, 자책하던 마음을 글로 쓰니 이해가 되고 포용할 수 있었다. 결국 자존감이 올라가고 겉으로 자기애를 드러내는 내 모습을 보게 되었다. 이러한 감정을 느끼게 해 주신 6명의 선생님들께 감사의 말씀을 드린다. 이제 산으로 가던 그 글이 책으로 출판된다고 생각하니 가슴이 벅차다.

_ 이혜진

아침에 눈을 떠 가장 먼저 드는 생각이 바뀌었다. 아침밥의 메뉴 보다 글을 어떻게 시작할지 생각한다. 아이들을 등원시키고 돌아서며 어제 썼던 단어는 빼는 게 나을 지 넣는 게 나을 지 고민한다. 빨래를 개며 어떻게 하면 글을 더 잘 쓸 수 있을지 생각에 잠기기도 한다. 대단한 글이 생각처럼 나오지도, 글발이 늘지 도 않는 것 같다. 그럼에도 고민하고 더 잘 하고 싶은 욕심을 가진 내가 사랑스럽게 느껴진다. 나는 나를 사랑하기에 글을 계속 쓰고 있는지도 모르겠다.

_ 이영은

설레는 맘으로 글을 쓰기 시작했다. 글을 쓰면서 생각지도 못한 나를 만나는 시간이 두려워지기 시작했고 비교되는 글솜씨에 좌절했다. 그러나 혼자가 아닌 함께였기에 쏟아지는 응원들 속에서 무너지는 멘탈을 부여잡고 포기하지 않았다. 마침내 완성한 초고를 보며 잠깐의 뿌듯함을 뒤로하고 부끄러움이 온몸을 감싸 안았다. 출간을 앞두고 있는 지금 난 다시 설레기 시작한다. '나는 나를 사랑해서 책을 쓰기로 했다.'

_ 이영화

중요한 것을 깜박한 찝찝함을 안고 하루를 정신없이 보냈다. 번뜩 정신을 차려 잊고 있던 것을 기억해 내고 아차 싶었다. 육아라는 거창한 핑계 뒤에 숨어 스스로에게 했던 다짐과 약속들을 모른 척 회피했던 시간들이다. 분주함 속에 나태함이 가득하던 그때 '나나책 프로젝트'를 만났다. 글을 쓰며 나의 지난 시간을 안아주고 현재를 다독이며 앞으로의 나를 응원하게 되었다. 온전한 나와 마주할 수 있었던 소중한 시간이었다. 결국, 나는 나를 더욱 사랑하게 되었다.

- 성연경

무조건 안 된다고 했다. 나는 할 수 없다 여겼다. 점점 망설여지기 시작했다. 새가슴마냥 소심하게 시작했다. 그러다 대범해지기 시작했다. 가속도가 붙기 시작했다. 어렵사리 하나씩 완성되었다. 자의 반 타의 반으로 써 내려간 글이 쌓이며 퍼즐들이 맞춰졌다. 그렇게 내 글이 세상의 빛을 향해 나왔다. 기적은 뜬구름 잡는 것이 아니라 만들어 가는 것임을 깨달았다. 책 제목처럼 앞으로도 제 자신을 사랑하는 사람이 될 것이며 우리의 앞날을 응원한다!

- 박지연

나는 나를 사랑해서
책을 쓰기로 했다

초판 1쇄 인쇄 _ 2021년 11월 10일
초판 1쇄 발행 _ 2021년 11월 15일

지은이 _ 김명숙, 박지연, 성연경, 이영은, 이영화, 이혜진, 최신애

펴낸곳 _ 바이북스
펴낸이 _ 윤옥초
편집팀 _ 김태윤
디자인팀 _ 이민영

ISBN _ 979-11-5877-272-7 03800

등록 _ 2005. 7. 12 | 제 313-2005-000148호

서울시 영등포구 선유로49길 23 아이에스비즈타워2차 1005호
편집 02)333-0812 | **마케팅** 02)333-9918 | **팩스** 02)333-9960
이메일 postmaster@bybooks.co.kr
홈페이지 www.bybooks.co.kr

책값은 뒤표지에 있습니다.

책으로 아름다운 세상을 만듭니다. — 바이북스

미래를 함께 꿈꿀 작가님의 참신한 아이디어나 원고를 기다립니다.
이메일로 접수한 원고는 검토 후 연락드리겠습니다.